U0831266

大鱼

有爱的青春陪伴者

温柔无限期

Tender forever

未水芜洇

WEI SHUI WU YIN

/

著

河北出版传媒集团
花山文艺出版社
河北·石家庄

图书在版编目（CIP）数据

温柔无限期 / 未水芜洇著. -- 石家庄 : 花山文艺出版社，2020.10
ISBN 978-7-5511-5288-4

Ⅰ. ①温… Ⅱ. ①未… Ⅲ. ①长篇小说－中国－当代
Ⅳ. ①I247.5

中国版本图书馆CIP数据核字(2020)第174615号

书　　名：温柔无限期
WENROU WU XIANQI
著　　者：未水芜洇

统筹策划：张采鑫
特约编辑：迟　暮　张　磊
责任编辑：郝卫国
美术编辑：胡彤亮
责任校对：董　舸
封面设计：小茜设计
内文设计：西　楼
封面绘制：早文吕
出版发行：花山文艺出版社（邮政编码：050061）
（河北省石家庄市友谊北大街330号）
销售热线：0311-88643221/29/35/26
传　　真：0311-88643225
印　　刷：长沙鸿发印务实业有限公司
经　　销：新华书店
开　　本：880×1230　　1/32
印　　张：8.5
字　　数：190千字
版　　次：2020年10月第1版
2020年10月第1次印刷
书　　号：ISBN 978-7-5511-5288-4
定　　价：36.80元

目录 contents

目 录 contents

Chapter 01

她像一团迷雾

她像一团迷雾，吸引着他去探索

机场环城高架上。

“后面有车跟踪我们。”

听到何眉这样说，姜百思的眼皮跳了跳。

这会儿正值出行高峰，机场高架上车流如织。姜百思从后视镜看过去，是一辆银色的商务车。车很眼生，她不记得自己在哪儿看过。

似乎是想到什么，她心念一动，心头倏然滑过一丝不安。但那念头似夏夜雷电闪过天空，一闪而过，她还来不及抓住，便已消失无踪。

姜百思的视线在车流中穿梭，后面那辆车还紧紧跟在身后。

她眯一眯眼，脚踩油门，猛然加速，转动方向盘，轻松完成变道，并入高架出口的匝道，混入车流，一系列动作只在电光石火之间，惊得何眉揪紧了安全带，下意识地叫了起来。

后面那辆车未料到姜百思突然变道，只能眼睁睁地看着她们的车摆脱了自己的跟踪。

姜百思再一看后视镜，那辆车终于被远远地甩开。她还没来得及松一口气，就听到何眉一声叫喊几乎破了音：“姜姜，小心前面！”

姜百思瞳孔因那声惊恐的叫喊倏然放大，视野中一辆黑色牧马人从斜后方霸道地超过来，横在她们车前。刚刚因甩开跟踪车而猛踩油门的右脚堪堪换到刹车踏板上，轮胎摩擦地面的尖锐声响起，还是没刹住，“砰”地撞了上去。

万幸速度已经降下来，人没受伤。

眼角余光扫到被追尾的那辆牧马人，姜百思心一沉，轻轻哀号了一声。

“别怕，按照交通规则那人得负主责，就算这车价贵到天边去也不怕。”

根本没给她任何时间阻止，副驾座的暴脾气美人何眉小姐已经拉开车门下去要跟人理论。

“阿眉，回来！”姜百思像做贼一样压低了声音喊。

而信奉“交通事故中谁先占据主导权真理便站在谁那边”的何眉此刻正醉心街头辩论，压根儿不理会她的召唤。

那个正被何眉教育交通规则的“肇事者”此刻正懒洋洋地靠在车门上，眉毛微挑，嘴角一撇，扯出一个极嚣张的冷笑：“怎么着啊，那就开个价吧。”

从神态到语言，满是赤裸裸的挑衅。

这人真是永远有本事三两句话就把别人火气挑出来。

果不其然，下一秒，何眉的火暴脾气被这副嚣张又挑衅的态度点燃了，风风火火地往回走，打开驾驶座车门就要将姜百思拖入战局。

姜百思将自己身体压得更低，头也埋得更低，恨不得能够隐形才好。她边死死抵住车门，边做无谓的挣扎。

“阿眉，算了吧。”

何眉奇怪地看着她：“你软什么呀？又不是我们主责！”

姜百思却无心跟她解释，余光瞥到不远处长身斜靠的某人终于懒洋洋地朝这边走了过来，她只觉得浑身汗毛倒竖，下意识地将何眉推开，关门，锁窗，动作一气呵成。

此前寄希望于这辆破车能够因为眼生而逃过那人眼睛的想法，随着他脚步声渐近慢慢化为泡影。

此刻，她满脑子只有后悔，方才只忙着注意那辆从机场出来就一路跟着自己的银色商务车，根本没发现，什么时候他这辆车也跟在了自己车后。

陆予城越过何眉，走到驾驶座旁，敲了敲玻璃。

姜百思认命地叹口气，降下了车窗玻璃。

陆予城看到姜百思的脸，露出一个刻意又惊讶的表情，夸张地吹了一下口哨："这不是我们小姜主管吗，好巧。"

姜百思打赌，他就是故意的！

她硬着头皮跟他打招呼："陆总，好巧，我来机场接个朋友。"而后她扭头跟何眉介绍，"这是我老板。"

何眉惊讶地瞪大美目。

"怪不得你不敢出来撕……咳咳，理论，原来是怕你老板。"

一旁的陆予城听到何眉这话，发出了姜百思熟悉的一声嗤笑："我倒是不知道，你什么时候怕过我这个老板。"

姜百思越发心虚，其实……她怕他看到她，另有原因。

而下一秒，陆予城果然开始算账。

他痞里痞气地踢了踢车门，问："租来的？"

姜百思僵硬地点了点头。

他舔了舔后槽牙："那还真是抱歉，不小心刮擦了。"嘴里说着抱歉，脸上却全无歉意。

姜百思看他的神情，知道这是他压着怒火的小动作。

但这位爷向来不懂得委屈自个儿，遑论压制怒火，果然，他围着这辆破车转悠了一下再回来，脸上的怒气就压也压不住了：“如果我没算错时间的话，姜主管应该差不多跟我同时出门，真是了不起，还有时间去租车。在我跟你说我要来机场的时候，你也愣是半点口风没透露。我说你故意隐瞒甚至蓄意欺骗都不过分吧？怎么着啊？背着我这个老板要干什么见不得人的勾当呢？”

姜百思正心虚着，其实她上午跟他请假的时候正好听到他在打电话说来机场接人，她出于私心，故意没提自己也要去机场的事，只语焉不详地说了要办事。

陆大老板当时还难得发善心问她去哪儿办事，若是顺路的话可以捎她一段路，被她支吾着拒绝了。

他现在冲她发难，扣给她一个蓄意欺骗的罪名，其实也不冤。

陆予城眯着眼看她，那探究的眼神让她浑身紧绷。

就在这当口，画廊实习生小妹的一通电话救了她。

季小蕾在电话那头急得拖了哭腔：“姜姜姐，你快回来吧，出大事了。”

姜百思太阳穴突突地疼，目光落到了长身玉立倚靠在车门上的人身上，却不想那人抓住了她的视线，没好气道：“看我干吗？”

电话那头实习生小妹听到这声音，愣了半秒：“你跟老大在一块啊……”

姜百思冷静地嘱咐：“稳住，我这就回来了。”

“什么事啊？”陆予城问。

姜百思瞟他一眼：“你的前女友来了。”

陆予城莫名其妙地发火：“哎，不是，我的前女友来画廊闹事，季小蕾那丫头为什么给你打电话不给我打电话啊？”

姜百思冷漠脸：“给你打电话有用？”

陆予城一时憋住了，何眉在一旁听得乐不可支。

他冲姜百思和何眉挥了挥手：“上车。”

“老板，我们有车。”姜百思装不懂。

“靠边找个停车位，让租车公司自己来取。”

“我自己去还车还能少付点钱……”

陆予城一个眼刀杀过来：“姜百思，你别跟我装蒜啊。”

停车场已经有人频频回头看向他们，姜百思毫不怀疑，她要是继续坚持上自己租来的那辆破桑塔纳，陆予城大少爷脾气发作起来会毫不犹豫砸了那辆车。

无奈，姜百思跟着何眉一起上了陆予城的车。

回到画廊的时候，秦斯颖果然还在。

季小蕾以及画廊一众员工看到姜百思，仿佛见到了大救星，两眼放光。

秦斯颖一副不好糊弄的样子：“今天不给我个交代，我就爆料给媒体！”

姜百思冷笑一声：“你倒是去爆爆看，对名不见经传糊成三十八线的画廊小老板的绯闻，哪家媒体会有兴趣爆出来？”

秦斯颖几乎是恼羞成怒：“你别以为我不敢！”

姜百思仍旧是那副好整以暇的态度：“那正好啊，若是真托你的福闹上了媒体，我们即将要开的画展还能省下一笔宣传费呢。”

姜百思像是忽然想起了什么，拿出画展的宣传图册及几张门票，递给秦斯颖：“秦小姐要是不嫌弃的话，欢迎下个月来看东城的艺术博览会，我们 Y.U 画廊的展位在 2 号厅。”

秦斯颖气得一张俏脸红一阵白一阵，指着姜百思问陆予城：“你就是为了这个狐狸精要跟我分手的吧？”

凭空砸来一口锅，姜百思觉得六月飞雪都没自己冤，偏偏陆予城这厮竟还一副看热闹的样子，丝毫不做辩解。

姜百思瞪了陆予城一眼，而后对着秦斯颖反击道：“秦小姐，论时间，你们半年前交往时我已经在这个画廊任了好几个月的职了，要是我真是狐狸精，你怕是连根肉骨头都捞不到。更何况，从你们认识到交往，整个过程我都在外地出差，我回来的时候你们已经分手了。”

秦斯颖觉得自己今天简直就是上门来受侮辱，她将制作精美的画展门票几下撕烂，踩着高跟鞋头也不回地离开了。

“啪啪啪……”

一旁的陆予城竟然鼓起了掌，语气分外欠揍：“姜主管还真是中国好员工啊，三两下就帮老板解决了难题。不给你加工资好像都是我理亏。”

“画廊摊上你这样的老板已经够倒霉了，我要是还不强撑着，Y.U 迟早得倒闭。到时候大家都去喝西北风。只是希望下次我再背锅的时候，陆总能出来解释一两句。”

陆予城脸上忽然勾起恶劣的笑意，姜百思心中警铃大作，果然下一秒，这家伙就嬉皮笑脸地靠了过来：“我没解释，说不定就是我心虚啊。”

知道他又在恶作剧，姜百思气急，恶狠狠地踩了他一脚。

趁他一放松，她轻松地从包围圈逃了出来，回头看他正弯腰揉脚一副痛极模样，忍不住笑出声。

随后她冲着一众还来不及反应的员工拍拍手："都回神了，该干吗都去干吗。还有一周就是展位设计图递交的截止日期，去催一催外包的施工方展位设计图出来了没有。还有，展出作品计划表，跟郑易那边再做最后确认，确认之后将表格发给主办方，那边已经催了三天了，郑易这边再拖下去不行了。"

姜百思的调控力很快显现出来，方才还没了主心骨的一众员工看到她来，比老板还有用。

倒是何眉看得满脸崇拜："姜姜啊，有没有人跟你讲过，这种时候，你整个人都发着光，浑身充满了魅力。"

姜百思苦笑："你大概不知道，他们背地里叫我阿修罗。"

"我倒是觉得，不知道的人，看到你们刚才那个样子，还都以为你是老板娘呢！"

姜百思一副敬谢不敏的样子："那可别，真有这一天我还能不能好好活了？"

陆予城眯了眯眼，一副威胁的样子："怎么的？做 Y.U 老板娘很让你吃亏？"

姜百思顾虑着惹了他，他又得翻出之前的账来算，轻扯出一个假笑："哪里，是我觉得配不上陆总。"

不知道这话又怎么得罪了陆大老板，他冷了冷脸，而后慢慢地凑近她。

姜百思心中再度警铃大作，下一秒，那家伙脸上就勾起了一个恶劣的笑，而后伸手使劲地捏了捏她的脸。

姜百思吃痛，恶狠狠地瞪他："你干吗？"

陆予城直直地看着她，像是要看到她灵魂深处："我就看不得你老是戴一副假面具，满嘴没有半句真话。"

有那么一瞬间，姜百思几乎错误地觉得他已经知道了什么。

她心头狂跳，只觉上午的事情并没有轻易将他糊弄过去，她太大意也太小瞧他了。

她的心头转过无数个念头，她还什么都没来得及跟何眉说，一旦在这个当口他问起来，依照何眉那个爽直的性格必然什么都瞒不住了。

懊悔于此前没有做好万全的串供准备，姜百思此刻只觉得头痛万分，甚至神经质地觉得连胃都在痉挛。

陆予城好整以暇地看着她，她的脸因为自己刚才那一下大力揉捏，可怜巴巴地红了一块。

他不得不佩服，面对自己这样的"诈供"，姜百思心头再慌乱，面上硬是没有泄露半点情绪。

眼角余光瞥到严飞从一旁匆匆跑来，他叹了口气，这猫捉老鼠的游戏，怕是暂时要停一停了。

严飞是画廊负责版权对接的版权经纪人，姜百思看到他一副一脸天塌了的表情冲过来，就预感事情不妙了，反常跳了一整天的眼皮终于在傍晚时分揭开了即将来临的灾难序幕。

"郑易他……他说要跟我们解约。"

"怎么，他的新东家那么大方，连违约金都肯帮他付了？"姜百思冷冷地问。

严飞一副见了鬼的神色："是，是的，姜姜姐你都猜到了？"

一旁的陆予城从鼻间溢出一声冷哼："还用怎么猜？郑易那种窝

囊个性，没人撬墙脚他敢跟我们闹翻吗？一文不名的时候恨不得哭着抱我大腿感激我的知遇之恩，这还没出什么名呢就翻脸不认人！”

姜百思忽然想到什么一样，说道：“事情不会这么简单，再去查查，此前已经对展出作品做出授权的三位老师现在什么情况？”

像是印证她的话一样，严飞的手机响了起来。

等严飞挂完电话，姜百思觉得自己有些虚弱，但还是强撑着问：“怎么样？”

严飞满脸不可思议：“三位老师都是统一口径，跟郑易一样，终止合作，违约金不在乎，但是禁止我们用他们的作品参展。”

“看来他们的新东家还真是铁了心要整垮我们啊。”陆予城眸光闪闪。

何眉说：“现在最重要的问题是，东城艺术博览会报名应该已经结束了吧？现在你们的合作画家一个个都放了鸽子，你们是要开天窗吗？”

季小蕾慌得快哭了：“报名阶段已经早半个月就结束了，连展位费都已经付了，现在就等着最后布展设计，谁知道会出这样的状况。”

早不出事晚不出事，偏偏在这种进退维谷的时机出手，何眉到这会儿再看不出来 Y.U 画廊是被人盯上了就是智商有问题了。

她问：“谁要整你们？”

陆予城看不出神色：“我也奇怪。我们这个三十八线的小画廊，究竟值得谁这么大手笔地对付我们？”说完他的目光落在姜百思那张虚弱苍白的脸上。

他皱了皱眉：“姜百思，你是不是胃痛？”

姜百思抬头看他，摇了摇头，有些茫然的模样："陆予城，如果这次栽了，画廊真的得倒闭了。"

Y.U 作为名不见经传的小画廊，本就步履维艰。原本的计划是，依靠艺博会引入一些藏家流量。而现在，若是展览当天真的出现开天窗放鸽子的状况，Y.U 无疑成了业内的笑柄，更加无出头之日了。

陆予城笑了起来："开不下去就倒闭呗。你不是早就预言过，有我这样的老板，画廊早晚都得倒闭吗？"

姜百思也跟着笑起来："可是我……一点也不想在这种情况下，就这么认输。"

她的眸中似燃起一小簇火苗。

陆予城有些愣，泥菩萨一般脾性的姜百思，仿佛终于被激出了几分火气。

姜百思的脸依旧苍白，但身上仿佛燃着一把火。

出了这么大的事，她只是短暂地慌乱了一点点，而后就又恢复那个女版阿修罗，有条不紊地给员工们下达指令。

"分小组行动，执行 plan A 和 plan B。严飞，你负责联系此前跟我们有过合作的书画家，看看有没有人同意挂在我们画廊名下参展东城艺术博览会；小蕾，你根据此前我给你的名单，联系新画家，还有，启动所有渠道，明天之前，一定要将意向名单确定下来。其他的事情我来跟进。"

她一番话说完，大家都像是吃了定心丸，四散开来回到各自工位上执行任务。

姜百思在座位上坐了一会儿，忽然想到漏了一件至关重要的事情，拿起电话就准备拨号。刚拨了几个数字，身旁伸出一只手掌按住了她，她抬头望过去，是陆予城那张不论何时都似乎漫不经心的笑脸。

“艺博会主办方那边，我来搞定，好歹我们已经付了展位费，想来再迟个几天时间交展品计划表不成问题。”

姜百思下意识地按住他的手：“你态度要好一点。”

陆予城视线从她按住他的手上移到她的脸庞上，轻轻地笑起来：“你就这么不放心我吗？当我是流氓，还是土匪啊？”

“少来装一副靠谱老板的姿态，我还不知道你，姿态低一点就觉得是在求人，三两句话说不对盘就得发火了。”

“污蔑老板，要扣工资的。我就从来没对你发过火啊。”陆予城忍不住叫屈。

“我都任由你剥削了你还要怎么冲我发火？”姜百思难得轻松地笑了起来。

陆予城看着她的脸，想着或许自己刚才的担心真的是多余了。眼前的人，脸色虽然苍白，但一双瞳眸闪闪，依旧是平常模样。

他走出员工办公区域，来到阳台，他拨出了那一串号码。电话那头画展的主办方听起来是有些为难的样子，但最后还是搞定了。

等结束通话，已经临近黄昏，这个城市的灯火渐次亮了起来。

忽然好想抽烟，被克制了几个月的烟瘾这会儿又犯了。他再回头看了看屋内那个身影，抽出一根烟燃在指间。

从姜百思来到这里那天起，这间画廊渐渐都是她的气息。

公共场所禁止抽烟，也是她定的规矩。他有些惊讶自己竟然没怎么反抗就同意了。

大概是因为她说："你是老板，应该比谁都更清楚画廊里挂着的任何一件作品被烟火所损对我们声誉影响有多大，大家会以为，Y.U不珍惜他们的作品！"

嗯，好吧，关于说服他这件事，她一向都很有理由的。

他掐灭了指间的烟，推门重新进入房内。

姜百思依旧还是维持着他出去时的样子，似乎是疲惫不堪地伏在桌上。

他的眼皮微微一跳，走到她身边，皱着眉头将之前问过的问题再问了一遍："姜百思，你是不是胃痛？"

姜百思一直试图蒙混过去，这个节骨眼，她必须在。谁也没发现自己的异常，偏偏这个讨人厌的家伙一问再问。

她很想说，不是。可是，刚刚从椅子上站起身来，她就眼前一黑，身子往前扑去。

模糊中，她听到陆予城那家伙爆了一句粗口。

还有，闻到了他身上的烟草味。

"陆予城，你又抽烟。"说完这句话，她就沉沉陷入黑暗。

陆予城抱着姜百思，忍不住暴怒。

他早该猜到了的，这个满嘴谎话偏爱逞强的骗子！

他将她打横抱起，没来由地又想起了一年前那个雨夜，他抱着她，仿佛抱着一片叶子。

Y.U 的伙食不好吗？怎么快一年了，她的体重一点也没养起来？

病床上的姜百思睡得并不安稳，在梦中挣扎着醒过来，刚睁开眼就看到陆予城那张丝毫称不上善意的脸。

他一脸磨刀霍霍般的表情："怎么着，梦见被鬼追啊？"

她直接忽略了他的臭脸，问一旁的何眉："事情怎么样了？我睡了多久了？"

何眉一副吓蒙了的模样："姑奶奶，急性肠胃炎你还装得跟没事人一样？你没痛觉吗？"

姜百思还来不及说什么，就被一脸怒容的陆予城抢白了："姜主管这么拼命，要是某天真的因公殉职了我一定给你立个大大的碑。"

她不知道他又发什么脾气，但是对于自己晕倒之前发生之事的心虚还是有的。

她不着痕迹地顺起了毛："你别这么阴阳怪气的，我头疼。"为求效果逼真她央求似的看向一旁的何眉道，"阿眉，我嘴里发苦，等会儿做完检查想吃个梨。"

陆予城没再说话，出去又抽了根烟。

姜百思的主治医生给她预约了做胃镜的项目，护士来叫的时候何眉正好出去给她买梨了。陆予城这座活火山牵着她下了地，往住院部附楼走去。

胃镜检查在附楼的三楼，等电梯的时候，姜百思晃眼间看到了一个身影，这个身影正推着前面轮椅中的人，偏着头跟身旁的女孩子说着什么。

陆予城发觉姜百思浑身的肌肉都发紧，甚至还带着隐隐的战栗。

"怎么了，胃痛又犯了？"大少爷还生着气，臭着一张脸问道。

姜百思茫然地看了看陆予城的脸，那种令人窒息的感觉慢慢开始消退，她虚弱地摇了摇头。

电梯“叮”的一声到了。陆予城扶着她进去的瞬间，视线不着痕迹地往她刚才注视的方向看去，人群熙攘，并没有什么异常。

做完胃镜检查，陆予城又扶着姜百思回了病房。

他早猜到姜百思不会乖乖躺在病床上养病。

他刚刚才出去几分钟，这家伙就偷偷躲着给画廊里的员工打电话询问事情进展了，眼睛余光看他推门进来还欲盖弥彰地将手机藏在了被子里。

陆予城不动声色，难得好脾气地坐在一旁不说话。姜百思挂完那通电话却渐渐有些坐不住了。

陆予城将她的小动作尽收眼底，装傻：“你要干吗？叫医生吗？”

姜百思觑着他的神色，在危险的边缘试探：“我觉得我好了，想出院。”

陆予城觉得自己的太阳穴突突地跳，他危险地指指姜百思：“你别给我整什么幺蛾子，躺下！你还真打算让我臭名昭著呢？员工都病成这样了，还剥削你的劳动力？”

“不不，我是自己想回去。”姜百思仰头解释。

“画廊的事情你暂时别管了，没有你在天也塌不了。”

姜百思有些着急：“你还这样一副无所谓的模样，刚才小蕾和我说了，联系的所有人都拒绝跟我们合作。陆予城，你知道的，这不正常！”

“对，我知道不正常，但我们被人盯上了没办法。”

“我们必须要想办法反击，我必须得马上回去！”

看着姜百思那张虚弱苍白小脸上的坚持，陆予城的脸上露出了难得困惑迷茫的神色："姜百思，你在焦虑什么？就算这次会展参加不成，Y.U 短期内暂时还倒不了。"

焦虑？

是了，从出事到现在，她心中就焚烧着一把火，灼得她浑身难受。

姜百思沉默着，并没有回答他。

陆予城挫败地看着她，又来这一招了。每次他试图触及她内心的秘密时，她就将自己完全地缩回了自己的壳子里。

姜百思，这个从那个雨夜他捡到她的那刻起就浑身充满了秘密的女孩，完整地活在她自己的"套子"里。

"行了，我不问了。"他压抑着怒火，"只是你现在，只准给我躺在这儿！"

姜百思还试图做最后的挣扎，陆予城眼神威胁："姜百思，你别惹我啊！"

仿佛下一秒活火山就要喷发。

两人正剑拔弩张，何眉推门进来了。

何眉看到气呼呼的两人，心下了然，将购物袋放到病房桌上，对着姜百思说道："我顺便给你买了换洗衣物，现在换吗？"

陆予城余怒未消，丢下一句"别给我整幺蛾子"便甩门出去了。

静悄悄的病房里，只剩了姜百思和何眉两个人。

等到这个时候，何眉满腔的疑问才释放了出来："你到底怎么回事？"

依着何眉的性子，能够忍到现在才问，委实不容易。

"姑奶奶，你回国这是沦落到什么境地了啊？爱丁堡大学高才生，师从著名艺术策展人 Daniel Burg，曾经亲手策划过凡 · 高、毕加索画展的 Bertha 小姐，当年在艺术展界几乎呼风唤雨的，竟然沦落到在这么一间差一口气就倒闭的小画廊就职？”

姜百思听她报出一连串履历，有种恍如隔世的感觉，她愣了愣神，然后开口：“你知道的，我是肄业的，连个像样文凭都没有，拿什么呼风唤雨。”

“我不知道你当年究竟发生了什么，但是你现在混成这样，难道不是给你老师 Daniel 先生丢脸吗？”

“我跟我老师也没有联系了。”

何眉一双美艳的大眼装满不可思议:“死丫头,你到底出什么事了？你当年一声不吭就离开了英国，并且换了所有联系方式，跟我们所有人断绝了联系，你可别是犯了什么事潜逃回来的吧？”

姜百思哭笑不得:“你别说得那么恐怖,我只是想换一种方式生活。阿眉，我无法跟你解释更多，但是你得帮我。在这里，尤其是我老板面前，对于以前的事，拜托你什么都别说，什么都别问。”

陆予城虽然是个不靠谱的老板，但是并不代表他不够敏锐，相反，她已经开始苦于他过于敏锐的直觉。从前的生活于她来说已经是上辈子的事了，现在，她只想在这个小画廊里安安生生地待下去。

何眉叹口气：“算了，我也懒得问了，越问越生气。反正你不想说的事情谁也撬不开你的嘴。”

姜百思抱住她，由衷地说道：“阿眉，谢谢你。”

谢谢你的不问，谢谢你的信任。

何眉佯装愤怒：“我能不答应吗？我怕我不答应，姑奶奶你连我都得避着了，你这个没良心的！”

熟悉的称谓和熟悉的玩笑，一瞬间令中间隔着的时间印记消失无踪。

姜百思自认一直是个慢热的冷调子性格，当年在英国留学生圈里，她因为这性格鲜有朋友。而何眉就像一团烈火，风风火火地燃着她的生命。

何眉会在周末的时候，强行将工作狂姜百思拉去135米高的城堡山上，俯瞰整个爱丁堡市，听皇家军乐队演奏苏格兰风笛；会拉着她去到贯穿老城区中心的英里大道寻找老酒馆品尝最地道的苏格兰威士忌；会拉着她在繁华热闹的王子街，逗穿着苏格兰裙的金发碧眼的街头歌手；也会在她没去派对的时候打电话来讨伐，说的也是这一句：“我的姑奶奶哟，你又没来，你这个没良心的！”

姜百思眼睛发酸：“阿眉，真好，你还在。”

三百多个日夜辗转而过，她的世界早就发生了翻天覆地的变故，自那个雨夜起，她已将从前的一切割裂。而眼前，故人还是那个故人，带着熟悉的笑脸，重新裹挟进入她的世界。

一切都像是被谁设计好似的，所有的书画家只要听到是跟Y.U合作，就婉言拒绝了。

眼看主办方艺华文化那边下了最后通牒，要求最迟明天提交。画廊里，严飞在陆予城吩咐下，几次打电话给主办方负责人刘臣，希望能够多宽容些时日，却没想到每次都被转接到了对方秘书的电话上。秘书圆滑地打着太极，态度很好地表示等负责人回来一定转告。

吃了几回闭门羹的陆予城压着火交代严飞：“帮我查刘臣的行踪。”

季小蕾觑着老板丝毫称不上和善的表情，只觉要出事，愁得不顾禁令又悄悄给姜百思打了电话通风报信。

“老大打听到了刘臣今晚会出席一个华侨艺术家的聚会，就在东城度假山庄，今晚会带着我们过去。”

本次东城艺博会的主办方是本市艺术产业龙头之一的艺华国际，刘臣作为其负责市场推广的总监，在本市艺术圈的地位也算是举足轻重，按照陆予城这个树敌四方的痞子脾性，若是跟他起了正面冲突，参展的事情就算是彻底泡汤了。

姜百思轻抚额头，嘱咐道：“我没来之前，一定要先稳住。”

当晚，当陆予城看到姜百思带着何眉出现在这场宴席上时，眼中快飞出刀子来。

姜百思只佯装没看见。

“哟，这位就是一手打理 Y.U 画廊的姜女士吧？”刘臣提着酒杯，凑到姜百思跟前，满嘴酒气，“听秘书说，你之前联系过我，真不好意思，怠慢了美人。我敬你一杯，算是赔礼。”说着，便往姜百思手里塞了一杯红酒。

看她端着酒杯迟疑的样子，他笑道：“姜小姐不喝就是不接受我的道歉了？”

姜百思捏紧了高脚杯，抬起一张笑脸，道：“刘总哪里的话。”说完便准备仰头喝酒。

一旁却伸出一只手，挡住了她的动作。她抬眼，是陆予城。

陆予城不着痕迹地将她拉到身后，客气地跟刘臣碰了碰杯：“刘总，我的员工刚刚肠胃炎住院，不方便饮酒，我替她敬您一杯。”

刘臣原先还能耐着性子跟陆予城客套，后来频频妄图凑到姜百思身边却频频遭遇阻拦，不免冒了三分火气。他借着酒劲儿，瞪着陆予城："你小子还想不想让画廊再参展啊？"

陆予城面露笑意，眼神却发冷："想啊。"

刘臣推开他："想就给我滚一边去，别挡着道！"说完就去拉姜百思的手。

姜百思眼皮一跳心道不好，连忙伸手死死握住陆予城堪堪即将出拳的手，也乘势躲开了刘臣的碰触。

陆予城手劲太大，姜百思几乎是用尽全力才按下他的发难。甚至情急之下，她的右手紧紧扣住他的左手，呈十指紧扣的亲密状态。

姜百思这突然的举动使得陆予城微微一愣，趁着这当口，她将手中酒杯一饮而尽，他连阻止都来不及。

因为酒喝得太急，她一阵猛咳，胃中一片灼热。

陆予城寒着脸，只抢回一只空酒杯。

下一秒，姜百思就一手捂着嘴，冲进了包间的卫生间。

陆予城等在洗手间门口，耳边听得她的呕吐声，浑身肌肉紧绷，不知道是该气擅作主张的眼前人，还是气没能及时阻止的自己。

他只觉得胸口生出一股气，不听管控，横冲直撞。

姜百思吐完，一抬眸，就看到了镜子里的陆予城。仿佛是压着极大的怒气，他的周身都散着冰冷的气息。

他有着非常宽阔的额，眉峰明显，眉尾斜飞入鬓角，高挺的鼻梁下，两片薄唇起伏如嶙峋的峰刃，总是会说出如刀子一般刻薄的话语，流畅的下颌线勾勒出略显冷硬的轮廓，据说这样的面相，大抵都是脾气不好的。

而现在，头顶一小盏镭射灯斜射在他的脸上，在他的眉眼上覆上一层朦胧的光晕，衬得他整个轮廓都柔和起来。她头一次看到他脸上出现这样的神情，带着一些自嘲，又似乎带着一些挫败。

挫败？姜百思被自己脑海中浮现的字眼吓了一跳。

向来怼天怼地怼空气的陆予城，连对自己画廊即将倒闭都并不怎么放在心上，又怎么会对今晚的事感到挫败？

而下一秒，陆予城站直了身躯，离开了那片光影的映射，眉眼间又恢复了那种恨不得杀遍四方的锐利锋芒。

姜百思眨了眨眼，果然是自己眼花。

等到他们从洗手间出来，陆予城像是换了一个人。

他走到刘臣面前站定，轻轻一笑："刘总，您看我们姜主管真的是身体不适。我向您赔罪。"

说完他就拿起桌上一瓶白酒咕咚咕咚灌下去。

白酒这么个喝法把刘臣吓住了。

"哎呀，陆总，没必要，没必要。"

这边刘臣话还没讲完，那边陆予城已经将空瓶子"嘭"一声砸在了桌上，玻璃瓶受不住这么大力，应声而碎。

始作俑者毫不走心地道歉："呀，一不小心手重了。"

满座皆被这"莽气"惊得无言。

刘臣也被陆予城这气势唬住了，今天席间的都是华裔艺术家，也不好太不卖面子，反正陆予城和姜百思也接连受了罪，他也乐得找台阶下。

“这样吧，陆总，展出作品表提交截止时间我再给你们五天，再多另外的流程就来不及走了。”刘臣做出一副颇为慷慨解难的模样。

“那就谢谢刘总了。”说着，陆予城便伸出手要同刘臣握手。

看到他鲜血淋漓的手掌，刘臣脸色讪讪，犹豫着迟迟没伸手。

陆予城了然一笑，收回了手，冲刘臣点头：“那我们先告辞了。”

出了酒店大堂，季小蕾忍不住欢呼一声。

严飞看了一眼季小蕾，泼了冷水：“先别高兴太早，时间是争取来了，但我们短短五天也恐怕来不及找到合适的合作画家。”

“Plan A和plan B都不行，我们还有plan C。”姜百思冲他嘿嘿一笑。

“是什么？”

未待姜百思开口，一道沙哑的声音在她身后响起：“明天上午，嘉利拍卖行当代书画艺术家拍卖专场。”

姜百思有些意外地回头，看着陆予城，作为老板，他其实甚少过问画廊运营的具体事务，连严飞都没能第一时间想到这点，他居然想到了。

只是没等她想明白，陆大老板就暴君附体地下了禁令：“只是明天你得乖乖给我在医院待着，严飞陪我去。”

姜百思张了张口，想要抗议，结果就听到陆予城冷冷地开口：“你再不听话，扣掉季小蕾的奖金。”

平白被砸了一口锅的季小蕾嗷嗷抗议：“为什么又是我？我感觉我就像古时候暴君宠妃身边无辜受罚的小宫女……”

“再胡乱比喻就罚得更重，不想受罚那就给我看好她。”话虽是对季小蕾说，但陆予城的眼神始终落在姜百思身上。

姜百思终于明白，对于今晚她私自出现在这里，这家伙耿耿于怀难以消气！

她头一次发现陆予城是这么小气的人。

“别以为我不知道你在心里头骂我呢。”冷飕飕的语调从头顶传来。

这冷飕飕的语调让姜百思没来由地一阵心虚，伴着夜风袭来，凉风阵阵，她忍不住瑟缩了一下。

“胃痛？”陆予城沉声问。

姜百思摇了摇头，抿紧了唇。

夜色里遥遥一声喇叭按响，司机很快将车开到。从酒店大堂下来还有几级台阶要走，姜百思的脚步都发飘。

随后就觉得肩头一暖，黑色大衣带着主人温热的气息笼住了她的身体。陆予城眯了眯眼，大手一伸顺势将她揽过来，冷哼一声：“每次问你疼不疼，你都说不疼。鉴于你前科累累，实在不能信。撑不住了就靠过来，有什么不好说出口的啊？”

被他这样半抱着，温暖的气息短暂地缓解了胃部痉挛和疼痛。姜百思向来知道他大大咧咧惯了并没有什么别的意思，但还是忍不住浑身僵硬。

趁着他不注意，她轻轻地挣扎了一下。

却被身边人敏锐地捕捉到了她的不合作，登时冷声威胁：“干吗？我连抱你都抱过了，这点接触算什么？”

他那边坦荡荡，倒是自己的扭捏被当场拆穿，姜百思脸红了红，低着头，从这儿到车上那几步路走得格外乖顺。

难得看到她如此配合，陆予城将她轻轻放置在车后座，辗转间她身上淡淡的木樨兰香水味夹着红酒的醇香钻入他的肺腑。

他抬头看了看天，正值农历月初，天上弯弯的一轮上弦新月。

他记得这样的月亮。

一年前也是这样的月亮，云雾笼着，很快就下起了雨。他正在暴躁无缘无故下起的大雨，然后姜百思就出现了。

她是满身狼狈地出现在他的车前的，几乎让他疑心是否自己遇上了碰瓷的。

大雨滂沱，这姑娘被浇得浑身发抖。因为他及时停车，她只受了轻微的外伤。

他问她是否哪里疼，她也是抿紧了唇，摇了摇头。但他怀疑她是不是受了内伤，因为她的样子实在是太过可怕，脸上不知是眼泪还是雨水，身体抖得厉害，却愣是一点声音都没有。

他以为她是个哑巴，带她去医院检查，才发现这姑娘突发急性肠胃炎还发着烧。

他想起医生说，这姑娘真是能忍，一般人疼到这地步下意识都会哼哼几声的。

后来他才发现，这姑娘何止是嘴硬能忍痛，脾气也比自己还硬呢！方才在席间，看到她趴在洗脸台上吐，自己满腔那横冲直撞的气，除了愤怒，还有什么？

夜色泠泠，夏虫在灌木丛中鸣叫，无人给他答案。

Chapter 02

他总是在纵容她

“咱们合同签的长约，你可是约等于卖身的。”

第二天，季小蕾十分尽责地把住姜百思的病房门，丝毫不给她出去的机会。

姜百思借口嘴巴发苦打发了季小蕾去买新鲜水果，季小蕾满脸不信任一步三回头地出了病房。

等人一离开，她立刻换了衣服直奔目的地。

嘉利拍卖行当代书画艺术家拍卖专场，场面火爆，座无虚席。

姜百思在座位上落座，台上的拍卖师完美落锤了一件溢价 70% 的作品，正准备介绍下一件竞拍作品。

“接下来这件作品，由当代新锐画家……”

一个熟悉的名字蹿入耳朵，她轻轻诧异地哎了一声，还未想明白缘由，包里没来得及关静音的手机忽然开始响个不停，打断了她的思索。

看到来电显示，她无奈地叹一口气，只好悄悄退场到外面接电话。

一接通，季小蕾的大嗓门就嚷了起来：“姜姜姐你果然跑了！你这样偷偷从医院溜出去，老大回来一定会扒了我的皮的。”

“别怕，有什么都让他冲着我来。”

她记挂着刚刚在场上听到的那个名字，说完也不管季小蕾那边什么反应，直接挂了电话重新进入了拍卖场。

“恭喜郑易，作品又刷新了拍卖纪录！”

台上拍卖师完美落锤，宣告新纪录的诞生。

是郑易，果然刚刚没听错。

姜百思眯着眼，看向展示台上挂着的那幅《冬夜雪原》油画，她离得远，基本看不清细节，但她闭上眼也能清楚地记起来画里的每个笔触。

曾经长达四个月，这幅画每天都挂在 Y.U 画廊最显眼的位置，挂在她的眼皮子底下。

而如今，这幅画赫然已经从当初挂在 Y.U 时的价格摇身翻了 20 倍。

“很惊讶？”

她正陷在自己的沉思里，乍一听被这压着怒火清冷的声音吓了一跳。

回头，季小蕾口中那个会扒了她的皮的人，正赫然站在自己身后。

陆予城以手虚指她，口中轻声威胁：“回去再跟你算账。”

她佯装未听到，只是问：“有人在炒作郑易的画了？”

初入行的新人或许会惊讶于无名画家一夜成名的机遇，但姜百思不会相信，她笃信，郑易的作品非运作不能如此。

郑易算是有些天赋的画家，当初她签下他也是看中了他的天赋，但他功利心太重，在创作上未免显得浮躁。从艺术鉴赏角度来说，这幅画缺陷明显，短短时间溢价率如此之高，于情于理都说不通。

陆予城不着痕迹地看了一眼一下就看出个中关窍的姜百思，轻佻地吹了声口哨：“行家啊，一眼看穿？”

姜百思一如既往地装傻：“在 Y.U 受了熏陶这么些日子，总会有些见识的。”千穿万穿，马屁不穿。

陆予城也不拆穿，反正，以后的日子还久着呢。猫和老鼠的游戏，他也不介意一直陪她玩下去。

姜百思接着道：“我查过了，郑易的画，短短一个月时间内频频上知名拍卖行的拍卖专场，几乎每次都是同一批人哄抬价格拍下画作。”

资本雇托自卖自买，以高价买下画作，而这高价会成为第二次拍卖时的参考价格，借此一步步炒高估价。

很明显，郑易的画就是这么炒起来的。

与之形成对比的，是接下来一件拍品。

画作充满古韵，用笔娴熟，是一幅上好佳作。

但很可惜，没有落锤。

换句话说，流拍了。

姜百思有些讶异，如此上佳的一幅作品，应拍者却寥寥无几，最后连底价都没达到就流拍了。她几乎怀疑是自己这两年的艺术品位出现了问题。

拍卖会结束之后，是例行的自助晚宴。

嘉利拍卖行跟本市艺术品交易两大龙头企业——艺华国际和韩家的韩盛集团皆有合作，此次拍卖，两家企业都拍出去不少藏品。

有两大龙头企业参拍，艺术圈内不少知名企业也纷纷跟着入了场。

因此，这场晚宴，办得尚算热闹。

姜百思预料到韩家的人也会出现在晚宴上，本来不想参加接下来的晚宴，但陆予城不知道搭错了哪根筋，非得拉着她留下来。

他不是向来最讨厌这种场合？平日里画廊惯常的应酬他都是能推则推的，这次怎么这么反常？

但姜百思没空多想，因为远远地走过来了几个人。

身旁拍卖行的经理董力热情地迎了上去：“顾先生、韩小姐，有失远迎，有失远迎！”

陆予城冷眼看着姜百思恨不得把自己藏进桌布底下的模样，若有所思。

姜百思终于忍不住扯了个谎，说要去洗手间，接着便转身走出宴会场。

他看着她的背影，想起了此前让严飞查郑易和画廊其他三位画家背后的新东家是谁时，对方给自己的四个字——韩盛集团。

他看着她的背影，眯了眯眼，一副意味深长的模样。

宴会厅三楼，是专为贵宾设置的休息套房，陆予城熟门熟路走上去，在一间房前站定，他犹豫了一会儿，而后按响门铃。

很快，有人应声开了门。

顾衍看到陆予城，明显愣了一下。

“阿城？你什么时候回来的？”

陆予城没回答，直接略过了他往里走：“韩令远呢？”

韩令远的声音在里头响起：“让他进来。”

陆予城径直走进去，冷冷地看着韩令远：“多余的客套话不必说，我只是想问，炒作抬高画价是不是也有你的黑手？老爷子最恨这种行为，你好自为之。”

“你在说什么，我听不懂。”韩令远眸底深不可测，拍了拍他的肩，“回来了也不跟家里人说一声。”

陆予城将肩膀从韩令远手下挪开，剩他尴尬的手落在半空，他倒是也不恼，依旧是和蔼的长辈模样。

“听不懂最好，就当我白提醒一句。”陆予城说完，转身就走。

顾衍追过去，人已经没了影，而他的眼神在移到宴会厅某处时顿了顿，身形都僵住了。

“阿衍，怎么了？”韩清如顺着视线看过来，并没有发现什么异常。

顾衍摇了摇头，逻辑告诉他那人不该出现在这儿，不应该出现在此时此地，随即自嘲一笑：“没什么，应该是看错了。”

宴会厅觥筹交错，一片璀璨光华。

姜百思推开宴会厅的大门，到阳台上透气。夏夜虫鸣，微微冲淡了宴会厅的喧嚣之声。

身后传来一声阳台门被推开的声音，半晌，那人都没有发出任何声音。

她以为是陆予城。

待在这样的场合实在让她头昏脑涨，因此有些迁怒一定要坚持留下来的他。

“现在可以走了吗……”

她在转身的瞬间，尾音突兀地消散在了空气里。

顾衍站在那里，深深地看着她，仿佛是不可置信的震惊，又像是失而复得的惊喜。

他身后宴会厅璀璨的光影倾泻而出，为她融了一身暖暖的光。没错，此刻站在眼前的人，正是他日日思念的人。直到，他看到她的眼睛，他心中的狂喜像是被兜头一盆凉水浇灭。

那眼神，是冷的。曾经，这双眼睛里满是热烈的光，而现在，全都没有了。

“思思……”他低喃，向她走近。

“顾先生。”姜百思侧身，退了一步。

她的冷淡疏离刺痛了他，他忽然觉得难以忍受。

顾衍上前一步，捏住她的肩膀，眼中深深的痛和悔让姜百思一瞬间忘了挣扎。

“我每一天都在后悔，后悔当初没有第一时间站到你身边。那一天实在太混乱，你离开韩家之后，姑姑就立刻被送进了医院。你知道的，我没办法丢下她……我一直在找你，我一直一直在找你……”

“顾衍。”姜百思冷漠的声音在夜风里越发显得清冷，“你还不明白吗？”

那一刻顾衍忽然觉得害怕，害怕她即将要说的话。

她仰头看着他，那眼神里是无边无际的悲悯：“我们之间，已经再无可能。人要活下去，总是得向前看的。人生根本没办法再重新来一次，所以，后悔，是最不值钱的东西了。”

顾衍眼中的光一点一点地熄灭下来，像是苦苦支撑的沙漠旅人忽然得知，远方的绿洲只是海市蜃楼，绝望漫天漫地地向他袭来。

“现在，可以放开我了吗？”

顾衍漂亮的手背青筋暴露，仿佛是用了很大的力气，他的手才从她的肩膀上缓缓滑下。

姜百思没有再去看顾衍的表情，一步一步，坚决地离开了阳台。

她一个人漫无目的地走到远离宴会厅的花园，这里灯光晦暗，头顶的月色也朦胧。

悲伤和脆弱，都不会被人发现。

她坐在花坛边，搂紧了自己的肩膀。

突然，一件外套落在了肩头，带着主人不容忽视的气息裹入她的鼻息。

她仰头，是陆予城。

“如果不是看到你这样，我还以为你真有你表现得那么冷心冷面。”

姜百思有些难堪：“你偷听？”

陆予城发誓自己不是有意偷听的，他只是不小心听到了前头，又一不小心按捺不住好奇心听完了全程。

他一向自认是个好奇心不重的人，但面对姜百思，她就像一座迷雾般的森林，引诱着他去冒险。

“结果我就听到了我们姜主管了不得的情感纠葛呢。”他这样说。

姜百思别开头，不说话。

“原来那个晚上，你是为了他才伤心绝望到那个地步。”陆予城一副恍然大悟的模样。

姜百思诧异地看他一眼，心知他误解了。但是，鉴于近来他屡屡对自己身份的怀疑，她倒乐得他这样误解。

“不过，你既然爱他爱到这地步了，干吗还管韩家的阻挠？”

原来他以为她和顾衍的事是因为韩夫人的阻挠。

姜百思没想到，一身痞气的陆予城，在编织爱情故事方面的脑洞会这么大。

看到姜百思满脸古怪地看着自己，陆大老板并未意识到自己脑洞过大，他挑着眉，一贯那副嚣张至极的模样：“我要是爱一个人，就算全世界来反对都没有用。”

“这世上大多数人的爱情，并不能纯粹，会有很多束缚，会有很多牵挂，不用说其他，就是我自己，也并不是一个会为了爱一个人而放弃所有的人。”姜百思的声音飘忽在夜风里。

他冷哼一声：“要我说，你就是名字起错了。别人是三思而后行，你是百思，思了百遍了还会有勇气往前走吗？”

她有些恼怒地瞪着他。她的名字是母亲取的，对她来说，有着非凡的意义。

可是这时候她被他这套逻辑噎住，一时忘了反击。

隐约间，身后的花园里传来一阵窸窸窣窣的声音。

紧接着，是一句压低了的女声：“你放开我！”

随后又是一阵细碎的争吵声，姜百思皱了皱眉，是何眉？

姜百思有些担忧地朝声源处走过去。

这家拍卖行别的不说，花园造得倒是颇有讲究，层层叠叠的花木掩映，姜百思拂开一层又一层的树影，正待拂开最后一棵树时，却被身后的人按住了肩膀。

她皱着眉看向陆予城，有些恼怒：“阿眉遇到麻烦了！”

陆予城却是挑了挑眉，一副似笑非笑的模样：“你现在突然出现，才是她的麻烦。”

她听不懂他什么意思，正要挣脱他的束缚叫出何眉的名字，却被他一把捂住嘴压到身后的树干上。

姜百思暴怒，抬起脚就往他小腿上踹。

陆予城闷哼一声，随后轻轻拂开眼前婆娑的树影，低哑的声音对她道：“你自己看。”

姜百思看过去，脸瞬间红到了耳根。

一个男人揽着何眉的腰，正在亲她！

姜百思下意识地看向陆予城，他挑了挑眉，一副“看吧，我警告过你”的看戏模样。

她觉得自己的耳根更红了。幸好这浓浓夜色，遮住了她的小尴尬。

她悄悄地将头埋进他的大衣里，而后就听到他沉声道：“别动。”

她不明所以，僵在那里。

视线中，陆予城那张脸缓缓逼近，缓缓放大，四周一切都显得安静极了，安静到她甚至能听到彼此呼吸的声音。

这样的距离实在太近，她脑子里莫名其妙闪现出何眉和那男人亲吻的画面。意识到自己在想什么，她又羞又怒地偏开头，而他却先她一步伸手按住了她的肩膀。

“陆予城你干吗？”

她又要挣扎又怕惊动树后的何眉，声音像海浪一样忽高忽低，窘迫万分。

他伸手将她头顶的一片叶子拿掉，在她眼前晃了晃：“帮你拿叶子。”

他又看了她一眼：“不然你以为我想干吗？”

姜百思咬了咬唇，觉得自己的耳根又红了。

太丢人了！

她确定，陆予城这浑蛋就是故意挟私报复！报复她没听他的话乖乖在医院待着！

这边还没等她想好怎么报复，那边厢就传来一道清脆的耳光声。

两个人俱是一愣，齐齐向那边望过去。

随后是何眉冷冷的声音：“如果你要的是这个，那我们两清了。”

姜百思这下子终于看清了这个男人的脸——一张极其年轻的大男孩面孔。

在何眉的巨大气场前，他简直溃不成军："AYei，你知道我不是的……"

他的语调带着一种天然的卷舌音，似乎是说不惯中文的样子。

何眉似乎是不想再听的样子，推开那人就往这边走。

姜百思毕生没有哪个时候比此时更尴尬了。

四个人，八只眼，面面相觑。

何眉若有所思的眼神，在她与陆予城之间来回移动。

她肩上正披着陆予城的外衣，刚才为了不被他们发现，两人又是以一种极其暧昧的姿态挨着，她脸色潮红，似乎什么都不必多说，何眉眼神里满是"我果然没有猜错，你们之间果然有一腿"的意味。

姜百思忍不住哀号："阿眉，你听我解释！"

在姜百思重复无数遍"我们跟你们不一样，我们真的真的只是不小心路过"的解释之下，何眉勉强表示："行吧，你说是什么就是什么吧，我懂的。"

姜百思一向觉得自己很冷静，此刻却觉得自己快要抓狂："你根本就不懂，除了你看到的，其他的任何脑补请你不要有！"

她恨铁不成钢地瞪着陆予城："你解释一下呀！"

陆予城有些好笑地看着难得失态的姜百思，他们家的姜主管呀，向来聪明主意一大堆，怎么这会儿给忘了，这世上有种策略，叫作"贼喊捉贼"。

他看向"贼王"何眉，伸手指了指一边手足无措站着的"共犯"，吹了吹口哨："难道你不要先解释解释你们之间，是怎么回事吗？"

乍然被反问，何眉措手不及地头疼起来。

偏偏肇事者还不怕事大："AYei始乱终弃，我追过来的！"

"纪庭方，你不会用成语别给我乱用！"

这八卦太劲爆，局势瞬间逆转。

姜百思喃喃道："阿眉，你竟然是抛弃了人家逃回来的……"

何眉喊冤："什么叫逃，我这是光明正大地回来的！"

"可是人家都追你追到国内来了。"

何眉扶额叹息，一副无限困扰的模样："就是这个才最头疼。谈恋爱，就是双方开心就好啊，于我来说，生命诚可贵，爱情价更高，若为自由故，两者皆可抛，这是毕生的座右铭。我在爱丁堡时就意识到，这段感情可能会桎梏了我的自由，所以我当机立断就回来了。"

姜百思惊到只能当个复读机重复："可是人家追你追到国内来了。"

何眉一副头痛的模样，忍不住哀号："说起来，一般艺术家不都是自由主义者吗？为何到了他身上这条定律就不存在了？要是早知道他是这么玩不起的人，我当初说什么也不会撩他了。"

得，还是一个撩完就跑的女版陈世美。

何眉有种错觉，自己一直被他扮猪吃老虎摆了一道："你不知道，他画的画充满了艺术自由奔放的张力，我就认为他本人也一定是这样的。跟这样的人谈恋爱，那是最好不过的不是吗？"

纪庭方有些委屈："如果今晚不是因为我也参加了这场书画拍卖会，我还不知道我什么时候再能遇到你。"

姜百思却忽然被何眉话里的某个词触动了，眼睛都放着光："画家？你是说他是个画家？”

何眉在这种眼神里绝望地意识到，自己短期内怕是摆脱不了纪庭方的魔咒了。

果然下一秒，姜百思开口：“纪先生，我知道这个时间这个地点说这件事可能有些冒昧，但请原谅我们事出非常，想必你也知道，我们的时间已经不多了。”

她顿了顿，将话补充完整：“纪先生，方便跟我们画廊谈一下合作吗？”

她又回到了她的领域。

一个小时前坐在月色下无助又哀伤的那个姜百思，此刻完全不见了踪影。

陆予城看着她，心里不知道是该惆怅还是欣慰。

季小蕾负责艺博会参展艺术家履历撰写，在看到纪庭方简历上某个字眼时不禁发出了花痴一般的声音：“原来纪先生你的老师是欧洲画坛赫赫有名的皮克先生！”

一旁的何眉出声：“我当时知道的时候也是吓了一跳。不说皮克先生自己在西方画坛的影响力，光说说他的学生，一个个都是神话级的人物，算起来纪庭方倒是最不成器的一个呢。”

年轻帅气的“ABC”听到何眉说到自己的名字，脸上流露出小奶狗一般依恋的神色。

姜百思看着跟前一天慌乱无措的样子判若两人的何眉，此刻已经恢复了那个泰然自若游戏人间的老样子，而纪庭方显然不是爱情游戏老手何眉小姐的对手，抬眼看看她就一副脸红到了耳根的模样。不知道他们私底下达成了什么约定，两人都心照不宣地没有再提爱丁堡那些往事。

她有时候不得不叹服，何眉总是有她自己处理问题的方式。对比起一团糟的自己来说，她快刀斩乱麻的行事作风，未尝不是最好的一种方法。

何眉看着姜百思，像是忽然想到什么一般，说道："说起来，纪庭方的学长，就是姜姜你的偶像啊。少年天才画家 Elton！"

一旁正跟纪庭方对接授权合约条款的季小蕾夸张地叫了一声："就是那个，十四岁就以中国风油画蜚声欧美画坛的 Elton 吗？天哪，当年他的画作还是我们老师上课时重点学习的教材！"

复杂的中文词汇，纪庭方听不懂，但敏锐地捕捉到了 Elton 的名字，他脸上难掩惋惜之色："Elton 是我老师最引以为傲的学生，只是很可惜，三年前他忽然放弃了画画。"

季小蕾满脸花痴样："年少成名，荣耀巅峰隐退江湖。人生履历自带神秘气息，真的是让人不迷不行。"

姜百思看到何眉那一张遇到同道中人的惊喜脸就一阵头疼，生怕她一个不小心将自己的过往爆了出来。果然，就听到何眉接下去说："可不是嘛，当初在爱丁堡姜姜……呃……"

姜百思恶狠狠地在会议桌下踢了何眉一脚，何眉的话头突兀地停了下来。

季小蕾无限好奇："姜姜姐怎么了？"

姜百思一副陆予城上身的资本家剥削嘴脸："季小蕾，不要八卦，好好工作，小心扣你工资。”

陆予城将姜百思的小动作尽收眼底，状若无意加入这没什么营养的讨论中：“看不出来，姜主管也未能免俗地喜欢一个所谓的少年天才画家？”

姜百思拿眼斜他：“没听小蕾说吗？Elton也算是书画艺术界的全民偶像了吧，我未能免俗有什么好奇怪的？”

他哧一声：“兴许人家名不副实呢？”

姜百思睇他一眼：“就算名不副实，也好过陆老板你名副其实的不务正业啊！”

陆予城被呛住，发现自己好像并没有什么事实依据可以反驳，便没再说话。

那边厢纪庭方已经和季小蕾对接好作品授权条款，在合约上签了字。

等一切结束，姜百思将纪庭方单独叫住。

知道对方中文水平实在欠佳，姜百思直接用英语讲明来意。

听完她说的话，纪庭方那双欧式大眼睛里盛满诧异：“你是说，可能会有人来找我，让我跟你们解除合作？”

得到姜百思的肯定，纪庭方一副信誓旦旦的模样：“你放心，我是不会背叛朋友的。”

却没想到姜百思缓缓摇了摇头：“不，如果有人来找你，你要答应对方。”

完全被绕晕了的年轻华裔有点蒙。

“但有个条件，你得提出要求见面详谈。”

第二天一早，姜百思就让季小蕾将刚得到授权的展出作品列表发给主办方。

而剩下来的事情，似乎就只有等了，等着那个幕后的黑手。为了避免麻烦，她还特意支开了陆予城。

大概十点钟的时候，纪庭方的手机响了。

几乎是同样的套路，对方用逼退 Y.U 此前所有合作画家的手法来跟纪庭方谈判。

按照计划，纪庭方约了对方见面详谈。

纪庭方在咖啡厅座椅上入座，而后姜百思在二楼坐镇，季小蕾在纪庭方后侧方就座。

工作日的咖啡厅，间或有几个边抱着电脑办公边喝下午茶的白领，店里寥寥数人。

时间一分一秒地过去，午后的咖啡厅除了舒缓的音乐声，其他声音一丝也没有，离约定的时间已经过了半个小时，对方还未出现。

季小蕾发了个微信给二楼的姜百思：“姜姜姐，怎么回事？”

姜百思手指轻叩桌面沉思，心底也渐渐浮现因为长时间等待而来的烦躁感。

她总觉得哪里不对劲。

她的视线虚虚落在咖啡厅的落地窗外，落地窗外即是本地最繁华的 CBD 商圈，各大著名写字楼林立，割裂出繁华的商业街道，忙碌的车流和人流交织。

本城最繁华地段的最繁华街区，各色行人皆是行色匆匆。

咖啡馆街对面一辆车缓缓起步，在路口等红绿灯。

突然，姜百思的眼皮跳了跳。

这辆车什么时候停在街对面的？停了多久了？

此时，纪庭方接到了一个电话，那个声音说：“纪先生，既然你如此没有诚意，我们也没必要谈了。”

与此同时，二楼的姜百思后背发冷，记忆疯狂闪回，准确地在脑海中捕捉到当日在机场高架上跟踪自己的那辆银色商务车，那车身逐渐和眼前这辆车的景象重叠。

姜百思倏然起身，因为起身太快椅子与地板摩擦发出尖锐的声音。

听到动静，楼下的季小蕾和纪庭方同时往这边看过来，就看到姜百思急切地从二楼跑下来，在楼梯上迎面撞上正往二楼送单的侍应生。楼梯狭窄，姜百思又跑得急，侍应生手上一个没拿稳便将托盘上的咖啡泼洒了出去，滚烫的热咖啡洒了姜百思满身。

侍应生连忙迭声道歉，她却置若罔闻，眼睛视线自始至终都只盯着落地窗外，向着咖啡厅门外飞奔而去。

季小蕾虽是满头疑问，却也意识到事情不对，忙追着姜百思跑出去。

路口的信号灯已经转了绿灯，那辆银色商务车缓缓起步，并入车流疾驰而去。

姜百思疯狂地追着跑，视线中那辆车越来越模糊，但她依旧还在跑，她的心间似乎有一把火在焚烧，烈火燎原。

刚才，车窗还未完全关紧的瞬间，她分明看到了那张明艳的、熟悉的侧脸。

原来是她！果然是她！

姜百思的脑海中，翻来覆去只有这一句话。

韩清如，我已经放弃一切，离你们韩家远远的了，你还不肯放过我吗？

一阵尖锐的刹车声响起，司机伸头对着姜百思骂道："找死吗？没长眼没看到是红灯吗？"

季小蕾气喘吁吁跑过来，将姜百思拉到路边，对着司机道歉。

"姜姜姐，你被烫伤了！"

姜百思后知后觉地感到，脖颈间裸露在外的皮肤瞬间一片灼烧似的疼。

医院里，陆予城等在急诊室外，像条喷火龙一样向排排站着认错的众人发射怒火："你们一个个的，真是能耐了啊！竟敢瞒着我干这事！当我这个老板是死的吗？

"我还以为天下掉下个大画家这下可以暂时消停了，结果呢，啊，竟敢把我都给算计进去，你们真是了不起啊！"

他每骂一句，众人就顶着怒火抖一抖。最后惹得护士长看不下去了，禁止他再在医院咆哮，这场酷刑才没再接下去。

姜百思被护士涂好烫伤药膏之后扶出来，护士吩咐了几句不能碰水之类的禁忌事项，最后忍不住惋惜地说："得亏脸上没烫到，不然可麻烦了。长得这么好看的姑娘啊。"

姜百思看着走廊外一众求生欲旺盛的求救眼神，叹了一口气："你骂那么凶干什么，这个事情是我的主意。"

陆予城气得说不出话来，用手指威胁地虚空指了指她："你也跑不了，我也有账要和你算！”

被解救的一众城门小池鱼丢给姜百思一个感激涕零的眼神，而后纷纷逃离。

“就剩我们俩了，说吧，看到什么了要追出去？”陆予城好整以暇地在走廊长椅上坐下，做好一副要详谈的准备。

姜百思别开了脸，将沉默政策贯彻到底。

“你这丫头真是……”他气极了反而不知道该怎么骂人。

更何况，他虽然一向小霸王似的逮着谁不满意了就骂谁，但其实甚少骂过姜百思。

陆予城寻思着自己是不是对她太过纵容，脑海里盘算了一圈，发现自己真的对她很纵容！

这还了得！惯得这女人谱摆得比自己这个老板还大！

他一阵暴怒：“说话啊！哑巴啦！”

为显声势他还踹了走廊上的垃圾桶一脚，铁质的垃圾桶哐当作响，护士探头出来：“别破坏公物。”

皮肤科旁边就是骨科，一位手臂打着石膏的患者正在门口候诊，看到暴走的陆予城他悄悄地挪了位置，远远地躲到走廊尽头去了。

姜百思终于开口：“陆总，我想辞职。”

猝不及防被这话炸弹一样的威力伤到，一口水呛进气管，陆予城咳得肺疼。

怎么的？还跟他整起逼宫这一套了？以为这样他就能妥协了吗？真是太天真！

但他一开口却完全背叛了自己的理智：“你要是实在不想说，那就不说了。”

行吧，大丈夫能屈能伸。

“我真的想辞职。”姜百思重新开口。

如果这一连串事件的幕后黑手是韩清如，那么，只要有她在一天，Y.U 就不会有一天安生日子。

陆予城看着她认真严肃的神情，脸上的神色也冷了下来。末了，他扯出一个冷笑，犹如黄世仁附体：“我不同意。”

他弯下腰，手臂撑在她身后的墙上。

姜百思瞬间有些后悔自己坐在椅子上，不但天然矮了气势，而且被他形成一个包围的姿势，她有些慌乱地别开了头。

而后就听到他说：“咱们合同签的长约，你可是约等于卖身的。”

Chapter 03
较真的她最可爱

“我怎么给忘了，我们小姜主管可是我捡到的灰姑娘呢。”

仿佛是某种默契，自那天回到画廊后，姜百思和陆予城都似乎自动遗忘了这件事。他依旧是那个不靠谱的老板，她依旧是操碎了心的下属，没有任何改变。

姜百思预料到韩清如很快会有后招，果然，就在这边提交了展出作品资料的第四天，艺华那边给出了反馈。

“姜姜姐，他们取消了我们的参展资格！”

“理由呢？”

“说是我们目前提交的作品系境外参展作品，根据相关规定，博览会所有境外参展作品须提前向文化部门备案、审核。而我们并没有按时将完整的展品信息及作品图片提交至艺博会执行委员会，主办方那边没法及时拿到展览批文。”

姜百思冷哼一声：“没法及时拿到展览批文？当别人都是不懂行情的傻子吗？纪庭方身份特殊，作品属境外作品没错，但是按照惯例，主办方肯定会给展品信息提交截止日期留出足够空余时间的，我们就晚了那么几天，主办方那边就按捺不住说我们无法及时拿到展览批文了？”

姜百思第一时间拨通了刘臣的电话，这回刘臣没有像上回一样让秘书打太极，是他亲自接的。

他一副很为难的样子：“姜小姐啊，不是我不想帮你，实在是碍于规则，帮不上忙啊！”

姜百思知道，以韩家的实力，韩清如只要出手，这件事情基本已经没有转圜余地。更何况艺华和韩盛向来有着合作关系，韩清如开了口，刘臣也不得不听。

短短几天之内，事情如过山车一般急转直下，为了这次参展忙碌了那么多天，原来都是白忙活一场。

会议室里一片愁云惨雾。

陆予城看不得员工这么蔫，毫不在意地躺倒在真皮椅上跷起二郎腿，又扯起嘴角开启了嘲讽：“参加不了就参加不了呗，我这个老板还没说什么呢，你们就一个个跟蔫菜一样。”

老板比员工更不关心画廊死活，除了 Y.U，这世上怕是也找不出第二家了。

Y.U 还有救吗？会议室里的惨淡情绪更浓烈了。

正在此时，姜百思接到一个电话。

看到号码的那一瞬，姜百思的手顿了顿，差点把杯子里的水泼洒出去。她看着那串号码犹豫良久，最后挂掉了。

陆予城不着痕迹地看着她：“有事？”

她摇了摇头：“没事，推销电话。”

话音刚落，电话又响了。

陆予城挑了挑眉，扯起一个笑：“什么产品推销，这么锲而不舍？”

姜百思咬了咬唇，接起了电话。

“需要我帮忙的话，尽管开口。”这道熟悉的声音，前一晚带着万分痛苦的语气跟她说，他每一分每一秒都在后悔。

可是，再后悔，又有什么用呢？

姜百思闭了闭眼，终于说出一句：“我不需要，不用再给我打了。”

谁知道手机刚被扔到桌上，铃声又响了起来。

她有些恼怒地接起来："我说了我不需要！你还想怎么样？"

电话那头却传来一道轻柔的娇笑："姜百思，不想见见我吗？"

几乎是在声音响起的一瞬间，姜百思浑身紧绷，问清了地点，抓起手包就往会议室外跑去。

会议室门被重重地带上，室内的人面面相觑。

严飞有点蒙："什么产品，值得她这么迫不及待出门？"

季小蕾瞪了他一眼："有没有普通人的脑子？明显不是推销电话，是很重要的人的电话！"

"什么很重要的人？"

"三个电话，从矛盾要接不接到闹脾气不接再到激动地跑出门，你觉得是什么人？"

严飞了然地"啊"了一声："是前男友！"

陆予城大力地踢开座椅，忽然发起了脾气："Y.U 生死存亡之际你们还总想着八卦，还想不想干了？"

会议室里十几人都蒙了。

嗯？刚才是哪个人说作为老板也不着急的？

最近老大喜怒无常越来越严重了。

餐厅的卡座里。

韩清如坐在那里，举着手里的红酒杯，遥遥向姜百思一晃："好久不见啊，姜百思。"

姜百思捏紧了手指，她们之间，并没有什么旧好叙。

“Y.U 这一连串变故，是你的手笔吧？”

韩清如似乎并不讶异的样子：“你不是早就猜到是我了吗？”

“韩大小姐，Y.U 只是个小画廊，它根本不够格陪你大小姐玩。”

韩清如优雅地摇晃红酒杯：“的确，Y.U 小到我压根儿就没拿正眼瞧过，但是你在那里啊，我有什么办法？要怪，就怪你自己啊！”

“请你高抬贵手放过它。”

韩清如忽然笑了起来：“姜百思，你这是在求我吗？”

“如果这样想能让你消气，那就当我求你。”

韩清如脸上终于露出狰狞的恨意：“很可惜呀，你就算求我，我也消不了气！”

说完，她扬手就将红酒泼向姜百思的脸。

这边的骚动很快引得满场人的注目。红酒从姜百思的发梢流到胸前的衣裳，她浑身狼狈，所有的人都在指指点点。

几乎是在同一时间，姜百思身边冲过来两个身影。

陆予城一把将姜百思扯到自己胸前，而后一个旋身，将外套盖在她头上，将满脸狼狈的她压入他的怀抱，隔绝了众人看戏一般的目光。

另一个身影只来得及伸出手触碰姜百思的一片衣角，而后，那只手紧握成拳，默默地收了回来。

姜百思动了动，就听到陆予城低沉的声音透过胸腔的震动传入她的耳膜：“你不要管，我来处理。”

这声音奇妙地让她安定下来，她其实已经很累了。

“不知道我的人怎么得罪了韩大小姐，让你这么不顾涵养朝着她的脸上泼酒。”

韩清如从看到陆予城出现开始，疯狂的神色中就短暂地掠过一丝迷茫，仿佛是搞不清楚为何这个人会出现在这里。

“你的人？”

姜百思的头掩在衣服底下，看不清外面的情况，她只觉得奇怪，韩清如的语气里为何带了一丝不可思议的意味。

但很快她的这种疑惑就被一道声音搅乱了。

顾衍深深地看了藏在陆予城怀里的姜百思一眼，转身扶住韩清如的肩膀：“你闹够了没有？”

韩清如同样也没时间弄清眼前的人为什么会出现在这里。

在看到顾衍看向姜百思的眼神那一刻起，她的理智完全被焚烧：“当然不够！就算她死在我面前都不够！”

韩清如还要再拿起另一杯红酒向姜百思浇去，陆予城长臂一伸，挡住了她的手。

韩清如泼酒的动作微微迟滞，但还是没能改变那杯红酒因惯性而洒出的抛物线。

陆予城身子微微一侧，准备用自己的半个身子挡下那杯浇来的红酒。

最终却被顾衍挡下了，红酒顺着他的头发和眉毛滴落到地毯上，他再一次看着韩清如，眸中是化不开的无奈：“你闹够了吗？”

韩清如红着眼，指着顾衍大叫：“你这个大骗子，你答应过我不再喜欢她的！你骗我！她们还没有受到惩罚呢！姜百思和她那个恶心的妈还没有受到惩罚呢！”

姜百思觉得自己浑身都在发抖，她看着韩清如，那一刻恨意勃发：

“你闭嘴，你们韩家的人没有资格提我妈！”

韩清如显然已经陷入癫狂：“姜百思，法律不能制裁你们，上天会制裁你们的！”

那种痛得痉挛的感觉又来了，姜百思浑身都在出冷汗。

感觉到了姜百思的不对劲，陆予城手上用力，轻松将她打横抱起。

看了看顾衍和被顾衍控制在怀里疯狂挣扎的韩清如，他眸色深深，丢下一句“真是欠收拾”，而后就抱着怀中人大跨步离开这个疯狂的地方。

将姜百思放在车副驾驶座上，陆予城恨恨地捶了捶方向盘。

“我以为给你打电话的是顾衍，我才没管你。谁知道顾衍电话打到了我这里，我才知道你……你到底什么时候才能不自作主张？我才是老板！”

他实在愤怒得很，骂了半天面前的人又丝毫不为所动。

她蜷缩在座位上，红酒渍泼洒得头发衣服上到处都是，狼狈非常，就像是一年前那个雨夜一样无助茫然。

她常常让他很矛盾，有时候像一个谜，有时候让人气愤，可有时候却又让人心软。

骂了半天，发现郁闷的还是自个儿，陆予城觉得自己才是那个蠢货。

及至回到画廊，姜百思脑海中依旧挥散不去韩清如的话。

她已经如此退让，可是韩清如从来就没有想过要放过她。

既然如此……

内心有一簇火苗似乎又慢慢燃起了，焚得她五脏六腑都似放在火上烤，连带着口也干渴起来。因着天热，会议室里一直配备着冰水，她抓起手边的一瓶冰水灌了好几口。

陆予城连挡都来不及挡，看着眼前这个资深胃病患者咕咚咕咚灌下那么冰的水，眉头微皱正要训人，那边厢姜百思放下水杯，目光烈烈地看向他。

她头一次用这种目光看着自己，陆予城一时有些发怔，而后就听得她说：“陆予城，我们办个画展吧！”

“办什么画展，人家都取消我们资格……”他的话音戛然而止，在意识到对方是什么意思之后，用不可思议的眼神看着她。

姜百思目光炯炯，向他肯定地点了点头：“对，我们自己办。”

何眉回国之后一直跟着姜百思窝在Y.U，俨然已经是画廊的编外员工。听到姜百思的话，她瞪大了一双美目：“自己办画展？请问姜小姐你知道一场画展多么劳民伤财？”

话问到一半尾音突兀地低了下去，何眉想自己真是昏了头了，二十出头就已经负责策划过无数艺术展的姜百思肯定比谁都知道，主办一场画展意味着什么。

当前国内艺术品市场蓬勃兴起，无数小画廊轰轰烈烈加入这场淘金革命。但是由于运转和渠道的掣肘，小画廊在激烈的竞争风暴中艰难生存。说白了，搞艺术品行业就是烧钱的，谁的钱越多，越耗得起。

小画廊只能在资本大佬们遗漏下来的夹缝中求生存。对于小画廊来说，不管是资源还是渠道，都鲜有拿得出手的。而参加艺术博览会，则是以最小成本获得最大利益的首选。有资本撑腰的主办方大佬负责烧钱来做平台的搭建和运营推广，小画廊负责交展位费进入其中，享受大佬们引入的买家资源和流量。

所以，原来计划的参加本次东城艺博会，是目前 Y.U 能选择的最合适的一条路。

而现在，路断了，他们必须另开一条。

可是姜百思的突发奇想，何止是不可思议。

“首先一点，咱们这间濒临破产的小画廊，钱从哪里来，小姐？”何眉纵然知道姜百思不是头脑发热的人，但依然对她这个念头感到匪夷所思。

姜百思手心发烫，双手紧握冰矿泉水瓶，瓶身外水滴一滴一滴落到她手背上，让她终于觉得自己燥热的体温下降了一些。

她眼睛里发着光，回视一道道看着她“怕不是疯了”的震惊目光，开口说了三个字：“违约金。”

众人齐刷刷地露出迷茫的目光，而后都不约而同地想起了前几天集体毁约的几位画家，眼中便又齐刷刷地露出了“果然是疯了”的神色。

只有陆予城，在一众精彩万分的目光中，忽然轻轻地勾唇笑了起来。

那笑容又无奈又纵容，仿佛还带了三分欣赏，一向严密按照规则和制度生活犹如契诃夫《装在套子里的人》主人翁一般的姜百思，此刻终于露出了她内心不甘下风冒险家的一面。

这样的姜百思，真是幸会啊。

陆予城就差伸出手要为与这样的姜百思初遇握一握手以示庆贺。

他眼中闪过周扒皮一般的精明算计：“还有艺华那边，既然已经取消了我们的参展资格，小蕾，去对接一下，什么时候退展位费，好歹也有小十万呢。”

季小蕾这两天讨债讨得脑壳疼，无视韩氏和艺华那边财务“怕不是穷疯了”的鄙夷眼神，锲而不舍地催着对方走流程。

但艺华和韩氏那边明显都是拖着，任季小蕾怎么催，都是一副油盐不进的模样。

如果走法律程序，等判决下来不知道要到猴年马月了。

没有钱，展览连个边也摸不到，Y.U 里一片愁云惨雾。

下午，陆予城神秘兮兮地叫了严飞和季小蕾进办公室，三个人关起门来密谋了半天，季小蕾出来，脸上一展愁容，又恢复成笑嘻嘻的活力妹子。

姜百思奇怪，季小蕾在嘴边做了个手拉拉链的动作：“陆总说不能告诉你，不然你不会同意的。”

只是当天姜百思就知道了，因为动静实在闹得太大。

陆予城竟然在艺华国际和韩盛旗下负责艺术家经纪的分公司办公大楼前，分别架了大喇叭和横幅，全天候播放“还我血汗钱”的讨债音频。

但凡是做艺术的，都爱沽名钓誉，这么打脸的事实在经受不住。没熬到第三天，两家公司先后向 Y.U 的账户汇了钱。

姜百思一想起来，就忍不住发笑。

看来，有的时候，陆予城以暴制暴的痞子做派，还是有点用的。

资金到了位，下一步就是展出作品和主题的问题了。

Y.U 要独立举办一场能够和东城艺博会对垒的展览，必须出奇招，而主题的确立，对整个展览至关重要。

而要确认主题，就先得对参展作品有个通盘的考虑，而后才能梳理出脉络和主题。

他们现在虽然有纪庭方，但是他到底是个年轻画家，作品的丰富性撑不起来一场独立的大型展览。

“看来，我们有必要去拜访一个人。”

“谁？”

“沈阔。”

第二天一早，姜百思就催着陆予城出门。

一上了车，姜百思全副心思就都在手中一摞材料中，一路连个抬头也欠奉。等一个红绿灯的空当，陆予城欠身过去，看到那上面密密麻麻记载了沈阔的作品资料。

“功课做那么仔细？”

“沈阔擅长水墨国画，喜欢以传统文化题材入画，戏剧、诗词、古代经典，涉猎广泛，作品又多，这些基本的功课都没做好让他觉得我们怠慢了怎么办？”

陆予城哧一声：“真多余。”

姜百思不理他，依旧埋头专注于资料中。

车子在一个老小区停下。

这片小区是六七十年代开发的筒子楼，矮矮的层高、狭窄的楼道，让身长脚长的陆予城几次险些碰到了头。

他们快走到沈阔所在的楼层时，忽然楼上传来“哗啦”一声重响，像是什么东西落地的声音。

随后是沈阔气到发抖的声音：“你这个逆子，你给我滚出去！”

“您不给我钱也成，那给我几幅画我拿去换点零花钱。”一个吊儿郎当的声音响起。

“阿执，你刚回来，别惹你爸生气。”这是沈夫人的声音。

“你少给我假惺惺！”

“你滚！”又是一声暴喝。

“行，您清高，您就守着您的清高穷困潦倒一辈子吧！”

一阵“哗啦”响声过后，一个满头黄毛的年轻人从门内被赶了出来。

姜百思和陆予城正巧在楼道上碰上了他，那小黄毛看也不看他们一眼，推开他们往楼下走去。

他们走到门口，看到屋内东西摔得一片狼藉。

沈夫人正蹲着身子，抚着沈阔的胸口，为他顺气，劝解道：“阿执还是个孩子。”

“这些年他暗地里偷卖过我多少画？他卖的那些人懂画吗？这个逆子！”

听到动静，沈夫人的视线往门口看过来。

姜百思站在门口，笑了笑：“沈夫人，我们是 Y.U 画廊的，想拜访一下沈先生。”

沈夫人将他们迎进门。他们的房子不大，除了一间画室便是一间卧室，剩下的客厅也到处都摆满了画作，因为挤进来两个人越发显得逼仄。

沈阔坐在椅子上，腿上盖着毛毯，还不等他们说明来意，便开口堵了他们的出路：“如果你们是来找我谈合作的，那就不必开口了，我不会让任何人玷污我的画。”

姜百思有些尴尬，斟酌着开口：“沈老先生，我们跟艺华不一样……”

沈阔打断了她：“商人，在我心里没有什么本质的区别。”

看姜百思被一顿抢白，一旁的沈夫人于心不忍，便出来打圆场：“我切了水果，先吃水果吧，正事儿一会儿再谈。”

“没什么好谈的，送客吧。”沈阔直接下了逐客令。

姜百思还想再说什么，被陆予城拉了出来。

“你拉我出来干什么？我们再诚心一点，沈阔可能会放下成见……”

话说到一半却发现陆予城压根儿没有听她说话，注意力全在小区前面路边的一个人身上。

小黄毛？

小黄毛还在路边等车，隔了几分钟一辆小四轮停在他跟前，车内一个竹竿似的瘦高个招呼他上车。

陆予城挂挡，踩油门，径直跟了上去。一路跟着过了三条街，小黄毛跟他的伙伴停了下来，一起进了一家小饭馆。

陆予城和姜百思在他们临近一桌坐下，听到瘦竹竿问：“怎么样，你爸那边能搞到些零花钱吗？”

小黄毛仰着脖子喝下一杯酒：“别提了！搁他眼里，他亲儿子还没他的画金贵。”

瘦竹竿拍拍他的肩，从裤兜里掏出几张钞票，递给他：“这是之前你偷过来托我卖的那两幅画的钱，差不多也有个千把块，你先拿着用。还有一幅叫《卷耳》的，我还在找买家。”

姜百思在一旁听得一阵肉痛，沈阔没骂错，这真是个败家子，他爸两幅画才卖了千把块，他大概不知道，那些画在拍卖行里是几万起步的——虽然遭人算计流拍了。

但显然沈阔儿子对父亲画作的价值没什么清醒认识，揣着那千把块钱又高高兴兴地喝起了酒。

姜百思实在看不下去，沉着脸出了小饭馆。

陆予城追了出来，看较真的姜主管坐在花坛边生闷气。

他轻轻笑了声，这世上大多数人会嘲笑那些为虚无缥缈的艺术较真的人，但他们不知道，有时候，较真的人才最可爱。

他踢了踢花坛边小小缩成一团的人："你刚才听见了吗？"

姜百思仰头看他："什么？"

陆予城眼神示意小饭馆里的人："他们说还有一幅叫《卷耳》。"

姜百思眼神只迷茫了一小会儿，等反应过来，里面立刻燃起了一小簇火苗，整张脸都被点亮。她再次在心里骂一声，败家子！

沈阔喜欢以诗词入画，创作最多的题材便是《诗经》。刚才她在沈阔家里看到很多以《诗经》为素材的画作，只是奇怪的是仿佛中间缺失了一部分，破坏了整套作品的完整性。比如，她看到了葛覃、樛木、螽斯、桃夭、兔罝、芣苢、汉广、汝坟、麟之趾等以《诗经·国风》中《周南》十一篇为题名的画作，当时隐隐觉得哪里不对劲，现在才发现，是因为《周南》原有的十一篇缺了两篇。

其中缺的一幅，正是瘦竹竿口中的《卷耳》！

思及此，姜百思立刻冲进小饭馆。陆予城看着她，轻扯嘴角，抬步跟上。

小黄毛已经喝大了，趴在桌上骂骂咧咧指控着沈阔的迂腐。瘦竹竿也喝得面红耳赤，给他倒酒吆喝着继续喝。

"啪"一声，陆予城用酒瓶子在桌上砸出一声闷响。

瘦竹竿醉眼蒙眬：“你们谁啊？”

陆予城脚踩在凳子上，痞里痞气：“打劫的。”

姜百思：“……”

一刻钟后，陆予城从瘦竹竿的小四轮车里拿到了那幅《卷耳》。

因为被随意扔着，画框的四角都磕脏了，姜百思一阵心疼。

陆予城开了车门，招呼她：“走吧。”

姜百思却抱着那画站在原地没动静。

“怎么了？”

姜百思看着陆予城，眼神发亮：“还有一幅画，《关睢》。”

看着她的神情，陆予城无奈地摇了摇头，他得收回那句话，较真的人有时候也很不可爱。

小饭馆里，瘦竹竿正试图拼命摇醒醉得似死猪一般的小黄毛，准备一起跑路，刚才那人凶神恶煞的，惹不起躲得起。

但没等他弄醒小伙伴，面前一道不算陌生的身影挡住了光。

他抬头，听见来人懒洋洋地说：“再打一次劫。”

瘦竹竿：“……”

姜百思：“……”

几分钟后，陆予城拿到了《关睢》买家的地址。

他搓着那张小字条，有趣地笑了笑：“这年头竟然还有人不用手机也不用电话，这是山顶洞人吗？”

山顶洞人不住周口店，住在一片比沈阔家还老旧的小区里。

因为这一带快拆迁了，多数住户都已经搬了出去，地上到处都是因搬家而丢下的旧物和垃圾，有的甚至已经开始腐臭，一不小心就会踩雷。楼道里空荡荡的，弥漫着一股霉臭味。

陆予城踢开了一把挡路的断了一条腿的椅子：“这什么破地方。”他甚至开始怀疑那个瘦竹竿在耍他。

字条上没写人名，只写着人叫老吴，也没写门牌号，只写了一个楼号。他们从一楼一层一层敲门往上走。

结果全部无人应答。

终于走到五楼的时候，他们看到了一点烟火气。

走廊上支着一架煤炉，正袅袅地冒着热气，一个十岁光景的小男孩正坐在小板凳上做作业。

姜百思走过去，弯腰温柔地问：“你知道这儿住着一个姓吴的人家吗？”

小男孩眨了眨眼：“我姓吴。”

姜百思跟陆予城互换了一个眼神，应该就是这儿了。

“那你家大人在家吗？”陆予城问。

小男孩眼神瞟了瞟屋内，显然是在家。

姜百思敲了敲门，结果那门板“吱呀”一声慢慢自己开了。

哦不，那不是开，而是倒。姜百思眼睁睁看着这片木门板在自己眼前缓缓倒下，而后“轰隆”一声倒地，扬起满屋的灰尘。

一切都发生得太快，姜百思看了看自己还僵在半空中敲门的手，一时之间不知道该做什么反应。

而屋内的人很快被惊动，一个大叔打开卧室的门，络腮胡子，顶着一脑袋鸡窝头，仿佛是刚睡醒的模样，面无表情地蹦出三个字：“赔钱吧。”

姜百思有一瞬间怀疑自己是否是忽然变身成了大力怪，徒手砸倒了一扇门。

而一旁的陆予城却嗤笑了声，大摇大摆地踩着木板门死不瞑目的尸体进了门。

他毫不客气地在客厅的沙发上坐下，跷起了二郎腿："别理他，这门早坏了。"

"这是要赖掉不打算赔钱的意思了？"老吴声音粗粝，一听就是常年抽烟熏成的嗓子。

陆予城却没回答他，单刀直入："一个月前有人卖给你一幅画？"

老吴闷声想了想，又开口："先赔钱。"

陆予城笑了笑："一个月前那人来的时候想必也中了这套路赔过一次钱吧？"

姜百思惊讶得睁圆了眼，听见陆予城接着说："笨蛋，你看那门板后面还打着补丁呢。"

见套路被拆穿，老吴也不恼怒，仿佛这碰瓷只是随便试试的。

他也在沙发上坐下，跟陆予城一样跷起了二郎腿："是有那么一个人又怎么样？"

"那画我们想买回来。"姜百思说道。

老吴笑露一口白牙："行呀，十倍价钱。"

"十倍？"

老吴点点头，强调："那画我很喜欢。"

陆予城气乐了："喜欢到给孩子当写作业的小桌板？"

姜百思心里一惊，忙出门看那个孩子，孩子作业本底下垫着的，赫然就是《关雎》的装裱画框！

小男孩有些天真地看着她，见她视线一直盯着自己作业底下的画，奶声奶气地问她：“你喜欢这画吗？”

姜百思点了点头。

那孩子便把那幅画递给了她，并说：“我也很喜欢，所以我都很小心，没弄脏。”

姜百思揉了揉他的头发：“你真乖。你叫什么呀？”

“我叫吴瑞，你可以叫我瑞瑞。”

房间内两个男人还在谈判，老吴说：“那人同时还卖给我另一幅画，你要是两幅都买走，给你打个八折吧。”

“另一幅你花多少钱买的？”姜百思问。虽然艺华和韩盛那边的违约金要到手了，但这么点预算到底有些捉襟见肘，还是得省着花。

他指了指地上的门板：“没花钱，那是他赔我的。”

姜百思无语，这算来算去，这门板的钱还是得由他们出了。

坐地起价，敲诈勒索，这明显的屈辱条约陆予城当然没有那个耐性再谈下去，起身拉着姜百思就要走。

姜百思被拉得一个踉跄，却咬着唇并不走。

“姜百思，你的犟脾气是牛托生的吗？”陆予城戳着她的脑袋。

姜百思万年没点星火气的脾气此刻突然被点燃，冲着他大声吼回去：“拿不到画，劝服不了沈阔，我们拿什么跟艺华和韩盛斗？”

现场两大一小三个男人俱被这一嗓子吼得有点愣，大家都静悄悄的。

“打个欠条给我，画，你们拿走。”安静的空气中，老吴沙哑的声音响起。

直到拿了画回去，姜百思都还觉得有点蒙，她没想到老吴会这么容易松口。

姜百思后知后觉有些脸热，她想起临走前老吴那意味深长的话语："兄弟，你女人挺辣呀。"

她本来想反驳的，但想到这误会如果能省下一笔钱，她忍就忍了吧。毕竟，他们目前能省一笔是一笔。

"想不到母老虎还有经济价值。"陆予城斜眼看她，眼角都是揶揄笑意。

姜百思忍不住白他一眼："只是为了省钱而已！做你员工已经够倒霉了，再做你女人岂不是更倒霉。"

陆予城看着她，没有再说话。

画家和作品搞定，最后剩下的，就是场地。

"这几天你累了，我给你放个假。场地的事我们后面解决。"

老板难得给假，姜百思却不敢休。

"我们现在必须速战速决，不然难以想象艺华和韩盛还会出什么幺蛾子。"

姜百思话音刚落就看到陆予城投过来的意味深长的目光，在心底暗叫了一声不好，太大意了。

果然下一秒陆予城就抓住话头问出了这几天一直想问但那天没来得及问的话题："你跟韩清如，有什么恩怨？"

姜百思装作看向窗外，并不打算回答他这个问题。

但是她的沉默挡不住陆大老板的清奇脑洞。

他一副条条入理分析的派头：“顾衍是韩夫人的养子，从小跟韩清如青梅竹马，奈何竹马却一颗心都落在你身上，所以，这算是……情敌纠纷？”

姜百思看起来一副将沉默贯彻到底的模样。

“所以你那时候才想着要跟我提辞职？”

姜百思神情微顿，是被猜中的表情。

陆予城却心情大好地嗤笑一声：“要说你们女人就是小家子气，为这点破事就想着自我牺牲。”

姜百思有点搞不懂，陆大老板这边骂边莫名而来的喜气洋洋是怎么回事？

还没等她摸清喜怒无常的陆老板的脑回路，就听到他沉着声音道：“人家要搞事，我们奉陪啊！”

油门一踩到底，车子呼啸着往前驰去。

Y.U 会议室里，大家激烈讨论着展览的候选地点。

陆予城看着姜百思。整个下午，她一语未发，一直趴在桌上对着面前摊着的巨大的行政地图，边看边用铅笔在上面圈圈画画，遇到为难之处，她就叼着铅笔抿着嘴，一副分明认真思考的模样。

他踱步过去，俯下身看她圈圈画画的记号。

待看清地图内容之后他的眼微微一眯，之前他以为她是在全城找合适的展览地点，却没想到她眼前标着的，全都是城东的区块。

他心念一转，迅速了解了姜百思的念头。

他伸出手，修长、骨节分明的手指落在了一处地方。

正为难着的姜百思看着地图上那一点，纠结地摇了摇头："这个地方我之前想过，但是场地费太贵了，我们现在预算并不充裕，得省着花。"

他轻轻笑了起来："铁公鸡。"

何眉不知何时也站在了一旁，奇怪地看着两个人一股脑地往地皮金贵的城东圈地，她纤纤玉指一指郊区一个新建的会展中心："按照我们能承受的预算，这一块是最适合的了吧？新建的会展中心，对于招商给出的价格还是很友好的。"

姜百思想也不想就否定了这个提议："不，我的心仪地块在城东。"

何眉不解："干吗非得在城东选地方，跟艺华那场艺博会凑到一……"

话没说完，她一双美目瞪着姜百思，又看看陆予城，满脸不可置信："你们是要故意凑到艺华跟前？可是为什么？这地方寸土寸金啊！"

"那你想想为什么寸土寸金依旧不乏前赴后继的买单者，就算财阀大佬的钱也不是大风刮来的。首先城东区保证了可观且固定的人流量，办展览最怕什么，就是没人来看啊，我们这个小画廊，寂寂无名，就算打出了什么旗号也未必有人会买单；其次——"姜百思顿了顿，眸中闪过一丝微光，"我就是要选在艺华旁边，而且是越近越好。"

"为什么？"

"当然是省宣传费啊！艺华作为业内数一数二的龙头，这么好的东风不借，是傻吗？"

听到这儿何眉才总算有些听明白面前这两人打的什么算盘："你们是打算，借他们的东风行咱们自己的船？"

姜百思难得调皮地拍拍何眉的头，满脸嘉许：“孺子可教也。”

何眉惊得不知道该说些什么：“你们俩这野心真不是一般的大，竟敢跟大佬叫板。”

陆予城轻嗤一声，神情是掩不住的睥睨四方：“怕他干吗，反正光脚的不怕穿鞋的。大不了到头来，正如我们姜主管预言过无数次那样倒闭了呗。”

说完，他转过头来对着姜百思问道：“是吧，我们亲爱的姜主管？”

虽然姜百思大多数时候觉得，摊上陆予城这个老板实在头疼得很，但他此刻恨不得大杀四方的睥睨神情，让她有种说不出的安心感。

有时候，有个人能无条件纵容你的天方夜谭，你是会被宠坏的。

姜百思觉得，自己就是那个快被宠坏的小孩。她跟着笑了起来，回答道：“那我可得再努力一些了，不至于让老板你最后沦落街头。”

Chapter 04
享受解谜的过程

解谜的过程很有趣，他有的是时间跟她慢慢来

理想很丰满，现实却有些骨感。

第二天一大早，姜百思就带着季小蕾把地图上圈出来的几处逛了一圈。虽然早就有了心理准备，但逛了几家出来姜百思还是被动辄几十万的场地费难住了。

中间好容易遇上一家场地相对老旧的，负责人出去接了一个电话回来之后就立刻改了口风，声称接下来半年场馆的排期都已经满了。

姜百思看着对方欲言又止的神情，心里明白了几分。她早该想到的，韩清如根本不会让她那么容易找到场地。

折腾了一上午，已经日渐午后，季小蕾看着姜百思疲惫地揉着眉心的样子，提议先去吃饭。

进了一家西餐厅，点了牛排的套餐。季小蕾大快朵颐，姜百思却是兴致缺缺，草草动过几筷子便放下了。

季小蕾腮帮鼓鼓："姜姜姐你怎么不吃？"

姜百思心思还在场地的事情上，闻言只简略地回答了一句："没什么胃口。"

说完，她伸手招来服务员准备再点一杯冰咖啡。

"她不要冰咖啡，来一杯温的白开水。谢谢。"身后响起一道不容拒绝的声音。

季小蕾瞪圆了眼："老大，你怎么在这儿？"

陆予城淡淡应一声："正好路过。"

服务员正准备下单，横空插来一道声音，他一时不知道该听谁的，看了看姜百思，又看了看陆予城。

陆予城抬眼轻轻一瞥：“你不用看她，她说的不算。”

姜百思有些恼怒地看着陆予城，眼睁睁看着服务员遵照着陆予城的指令，端来了一杯温水。

陆予城拖了把椅子坐到她对面，看到她面前几乎没怎么动过的食物，看样子早就冷掉，忍不住皱了皱眉头：“服务员，把这个撤下去，再重新做一份过来。”

姜百思终于有些忍不住了：“陆予城，你要干吗？”

鲜嫩的菲力牛排被端了上来，刚刚浇下去的蘑菇汁漫过牛排的表面，在滚烫的底盘上吱吱作响。陆予城并没有回答她，反而慢条斯理地切着牛排。

姜百思心里挂念着场地还没搞定，一心只想着出去将剩下的几处地方再去谈谈。

“你慢慢吃，我和季小蕾先走，还有剩下几家没去谈。”她说着便拎起包准备从座位上站起来。

谁知对面的人动作比她更快，压住她的肩膀将她带回了座位上。

“陆予城，我真的没空陪你吃饭……”姜百思的话音突然顿住，因为一块切好的牛排被塞进了她的口中。

姜百思和一旁的季小蕾两人都愣住了。

陆予城撇了下薄唇，脸上又露出了“黄世仁再世”的表情：“你要是饿死了，我上哪儿再找到像你这样用得称心的员工，今天你不把这盘牛排吃完不准离开。”

他又插了一块肉送到姜百思嘴边：“自己选，要我接着喂你，还是你自己吃？”

姜百思看着他的神情，知道自己当下不遂了他的意是走不了了。僵持了一小会儿，她终于败下阵来，拿过刀和叉子，愤愤地回答：“我自己来。”

陆予城轻轻勾唇，一脸得意：“早这样不是没那么多事了？”

看着姜百思气鼓鼓地往嘴里塞肉的模样，陆予城忽然找到了作为一个投食者的乐趣。他又想起了他抱她在手上时那轻飘飘的重量，或许他的乐趣可以升级一下，以喂胖她为终极目标。

餐厅角落的卡座里，一双幽怨的眼盯着姜百思和陆予城，秦斯颖握着水杯的手指用力到发白。

“你看到了吧，秦小姐，这个女人一贯擅长演戏博取同情。偏偏那些男人一个两个都很吃她这种套路。”开口说话的，正是韩清如。

秦斯颖当然看到了，她不但看到了陆予城如何小心地喂姜百思食物，更加看到了陆予城脸上的神情是如何的与众不同。

她跟他在一起时，他从来没有对她这样。她本以为他的性格就是天生冷淡，可现在她知道了，并不是的。嫉妒和愤恨像野草般在心间疯长。

韩清如如愿以偿地在面前的女人脸上看到了并不陌生的嫉恨神色，她端起酒杯，向秦斯颖致意：“秦小姐，预祝我们合作愉快。”

“叮”的一声，酒杯轻轻地碰在了一起。

餐厅另一边，姜百思终于在陆予城的监督之下吃完了这顿午餐。

陆予城一副很满意的样子：“吃完了？”

见姜百思点了点头，他又说：“吃完了跟我去个地方。”

姜百思没动，吃了一上午闭门羹的不悦终于在此刻积累到极致:“玩够了吗？我今天真的没时间跟你耗。”

说完，她也不管陆予城怎么想，直接拿起包叫上季小蕾就准备走。

谁知陆予城动作比她更快，一把抓过她的手就往餐厅外走去。

姜百思的细胳膊细腿在他的钳制之下毫无抵抗之力，像只小羊羔一般被他提溜了出去。

季小蕾急忙要追上，奈何这边厢服务员拦上来说账还没结。她慌慌张张结好了账，两个人已经走没了影。

陆予城将姜百思摁到副驾驶座上，见她还要挣扎着出来，干脆弯腰将她的安全带系上，车门一关，中控锁落下，她徒劳地拍拍车窗，陆予城没理她。车子拐了两个弯，擦着两个路口的黄灯间隙一路疾行，终于在一家并不起眼的超市门口停了下来。

急刹车之下，安全带勒得胸口一阵疼，姜百思气极：“陆予城你到底要干吗？”

陆予城吊儿郎当地回她一句：“当然是在工作啊！”

姜百思满脸不可思议：“这儿？”

这超市看起来有些年头，门口上方架着“好又多”的灯牌，“多”字的下半截不知道去了哪里，远远看去，变成了“好又夕”。

陆予城已经进去，姜百思站在超市门口，不知道在看什么。

工作日的午间，超市里生意并不太好，收银的店员差点打起了盹儿。

陆予城逛了几圈，从生鲜区挑了几份生鱼片，又称了几份羊肉及牛肉，再挑了几样新鲜的蔬菜，想了想，又从货架上拿了两瓶酒。他回到出口结账的时候，发现姜百思不知道什么时候已经从门口进来，对着超市的墙壁和造型独特的天顶发着呆，眼睛里亮晶晶的，燃着他所熟悉的小火苗。

他收回视线，轻舔了下后槽牙，低头笑了一声，知道她已经找到了答案。

如果说姜百思起先对陆予城带她来这儿干什么还有些莫名其妙，当她看到这个超市的布局和地理位置之后，心里因为碰了一上午壁的阴霾骤然而散。

“陆予城，这个超市的老板呢？”她要立刻就见到超市老板，一刻也不想等。

跟她的声音同时响起的，是一道粗粝的烟嗓：“还打着盹呢？小心东西都让人给搬空了！”

这声音，莫名熟悉。

被声音惊醒的收银员吓了一跳，战战兢兢地站起来，看了门口的老板一眼，赶忙帮面前的陆予城结账。

陆予城则是冲姜百思点点头：“喏，老板在那儿。”

姜百思顺着他的视线望过去，不只是声音熟悉，还有那熟悉的络腮胡和仿佛刚睡醒的鸡窝头，以及他身边跟着的那个叫瑞瑞的小男孩。

“漂亮姐姐，我们又见面啦。”瑞瑞仰着头，奶声奶气。

老吴叼着烟，看看姜百思，又看看陆予城，脸上没什么表情：“怎么又是你们？怎么，欠着的画钱准备给我了？”

陆予城摊摊手：“画的钱以后再说，现在我们要再跟你谈一笔交易。”

老吴吐一口烟圈，不为所动：“听起来不像是什么好事儿……”

姜百思怕陆予城跟他话不投机又要吵起来，不露声色地接过话头：

“你这个场地，我们想租下来。”

“干吗？”

“我们想作为展览场地。”

一根烟快抽完，老吴抖落烟灰，将香烟碾灭在铁质垃圾桶上。他哼一声，准备牵着瑞瑞的手离开。

“我不同意。”他说。

“为什么不？”姜百思拦住他。

老吴看着她，仿佛她问了一个蠢问题：“我生意做得好好的，干吗要把场地腾出来给你们？”

陆予城指着购物篮中的东西问：“你口中的生意好是指，东西到了临保期还有很多没卖出去的意思吗？”

见底细被拆穿，老吴有些尴尬，但仍旧态度强硬：“生意再差那也至少能有个保障，要真听你们的改行搞展览，我是要去喝西北风啊？现在国内的市场环境，艺术展览那是烧钱的玩意儿，不是我们这种小市民能玩得起的。不是我贬低你们，你们连你们自己的画廊都快撑不下去了就别来祸害别人了行吗？”

说完，他越过姜百思，往门外走去。瑞瑞牵着他的衣角跟着他，怯生生地回头看了姜百思一眼。

姜百思捏紧了拳，冲着他的背影开口：“不是改行，而是要你回归本行。”

老吴的身影顿在原地，慢慢地转过身来看着她。

“这里原本就是个艺术馆吧？”姜百思指着头顶设计独特的天花板，“吊顶采用玻璃材料搭建成三角形的采光区域，而场所中央对上去的这片区域则采用不透光材料阻隔了阳光直射，减弱了中心照度，相对增强了墙面亮度，同时又巧妙地避免了四周墙壁上眩光的产生。”

她顿了顿，轻扯嘴角，似乎是觉得讽刺：“这样得天独厚的巧妙设计，你要是告诉我这单纯只是个超市，你看我会信吗？”

陆予城手插着兜，站在一旁看着姜百思，阳光被吊顶过滤，洒下柔和的光，她站在那一团温柔的光里，美艳不可方物。

看，他早就说过吧，聪明又较真的女人有时候就是这样可爱。

什么都不用说，她自己就会找到答案。

然而老吴并不买账，他的愣神只在片刻之间，很快他从震惊中清醒过来，重新恢复了懒洋洋的神态："就算这儿曾经是美术馆那又怎样？这位小姐，单纯贩卖艺术和梦想是填不饱肚子的，人生在世，还是应该实际点吧！”

此时收银员正好结好了账，对着陆予城恭敬地说：“先生，请问您是付现金还是扫码？”

陆予城笑了起来：“有点眼力见儿吗？你老板刚拒绝了我们，今儿这笔应该要免单，算作精神损失费。”

收银员有点犯难地看着老吴。

老吴笑了笑，摆了摆手：“免单吧。”

说完他抬脚就准备走，却听得身后姜百思在喊：“每间艺术馆都有它的使命，你这样糟蹋它，你难道不心疼吗？”

老吴反倒咧开嘴乐了：“我把这儿改成超市，是赋予它新的生命，你懂不懂？”

说完，他又看向陆予城：“你应该管管这女人，太拗了。”

陆予城却一副无可奈何的模样，摊了摊手："我可管不了。"

他看向姜百思，今天一整天她都在被拒绝，但从来没有这样，眼眶发红，像是极度委屈。

老吴瘪了瘪嘴："要我说，就是你们这些人自诩欣赏艺术，拯救艺术，就在那儿自我感动呢。"

姜百思受不了他这样轻蔑的口气，反问："你难道就没有被感动过吗？"

老吴偏头，仿佛在认真思考这个问题，最后叹了口气："有没有过还不都是那么回事儿吗？"

说完，他重新牵起瑞瑞的手，这回走得毫不犹豫。

姜百思咬着唇，冲他的背影喊："一心美术馆，曾经是东城经营得最好的美术馆之一，只是后来经营不善才导致倒闭，你难道就不想让你儿子看看这儿曾经的辉煌是什么样的吗？"

那一大一小两个背影短暂地停顿了一下，但也仅仅只是一下，而后消失在门外。

姜百思背对着陆予城，沉默地低着头，站在那儿。他有一瞬间以为她会哭，事实上她好像真的抹了一下鼻子。

"哭了吗？"他拧开一瓶水，递到她跟前。

姜百思转过头看他，哭倒是没哭，眼睛里带着孩子气的沮丧："我只是觉得有点不甘心。"

他轻轻笑了笑，他当然能够理解她的这种沮丧。

他拍了拍她的头："你这名单里不是还有好几家吗，再走呗。"

姜百思环顾四周："可是这儿……真的很可惜。"

“如果你实在耿耿于怀，那我们有必要来谈谈价码。”熟悉的烟嗓重新在大门口响起。

姜百思意外地看过去，是去而复返的老吴！

陆予城勾唇一笑：“去而复返，那现在很明显我们是买方市场了，你可谈不到什么好价钱。”

“这么直接，不怕谈崩？”老吴眼神犀利。

“我赌你不会。”陆予城回望着他，眼中满是笃定。

老吴顿了顿，叹了口气：“好吧，你们赢了。”

“为什么改主意？”

“你不是猜到了？因为最后那句话。”老吴摸了摸瑞瑞的头，表情像是陷入某种回忆，“我想我是应该让他见识见识，这里当年的盛况。”

姜百思终于笑了起来：“我赌你是个好爸爸，看来是赌对了。”

老吴脸上的笑意古怪起来，他看向陆予城：“你女人不但拗，还爱自以为是。”

突然被人身攻击，姜百思一时竟没来得及反驳，随后就听瑞瑞说：“他不是我爸爸。”

“他是我弟弟的孩子。他的爸爸就是当年把这里打理得很好的那个人，而我，就是那个把这里经营到差点垮掉的第二任老板。”

搞了那么大一个乌龙，姜百思想把自己埋进土里去。

陆予城眼尾轻轻勾起，看姜百思面上强装镇定，后耳根却渐渐地红起来，眼中笑意更深。

回去的路上，陆予城还在笑。

姜百思有些恼怒地瞪着他：“笑够了吗？”

路遇红灯，陆予城踩下刹车，顺着车流停下，转头看她，脸上是止不住的揶揄笑意：“你是怎么就认定人家是父子的？”

姜百思觉得尴尬极了：“他们都姓吴，长得又那么像，很容易让人误会好不好！你难道没误会吗？”

陆予城脸上的表情欠揍极了：“我早就知道他俩是叔侄啊，你以为谁都跟你一样笨吗？”

姜百思觉得不可思议：“你为什么会知道？”

她这样微微睁大了眼，那些此前笼罩在她身上沉沉的暮气和焦虑，此刻悄无声息地收起了它们的触角，整张脸上多了几分生动的孩子气。

陆予城不知道为什么觉得心情都多了几分愉悦。

借机将那几分莫名而来的愉悦释放，他轻嗤一声：“我有嘴难道不会问吗？”

对面这女人思索了几秒，而后露出恍然大悟的神色：“瑞瑞！”

她想起来当初帮沈阔要回那两幅画时，跟老吴讨价还价的当口陆予城还有空闲跟门外坐着的瑞瑞逗趣。现在想想，十岁的瑞瑞显然不懂人心险恶，被这大尾巴狼三两下套出了很多话来。

“所以你一早知道了这里的存在？”

“也没有比你早太多，瑞瑞跟我说的时候我并没有太在意，只是一家普通超市而已。前两天路过这儿，想着顺道过来看看，老吴这样的人经营的超市会是什么样。结果发现这家超市可一点也不普通……”

姜百思说道：“何止是不普通。这个地方双层结构，上层的独特采光设计帮我们省去了一般场所墙壁上会产生眩光的麻烦，不必在灯光设计上头疼。对于沈阔的画作来说，是个绝佳的画展场所，而下层回旋形的结构也提供了很好的布展空间……”

姜百思讲到一半突然停住，因为她看到陆予城看着自己若有所思的眼神。

果然，下一秒他就发问：“我记得，你跟我说过，你没上过大学？我看你分析起来可比专业学生还要专业。”

他目光灼灼，她心乱如麻。

如果告诉他她在著名学府肄业，按照他的个性势必会问她原因，所以当初为了杜绝麻烦，她干脆扯了谎。现在发现，随口扯的这个谎同样令她头疼。

“我高中时，对艺术学很感兴趣。”

他嘴角噙着懒洋洋的笑：“所以？”

“我是个孤女，学艺术不是我这样的人担负得起的。”她言简意赅。

孤女，是她给自己的另一种人设，只有这样，他和Y.U的人才会对她这样一个无家可归、没有亲人联系的人不产生丝毫疑问。

他拉长了音调：“啊……我怎么给忘了，我们小姜主管可是我捡到的灰姑娘呢。”

又开始阴阳怪气了，那种即将被看穿的感觉简直令姜百思头皮发麻。

但陆予城终究没再说什么，红灯转绿，他松开刹车跟上前车。

黄昏的城市主干道，车流汇成一条条长龙。车尾灯闪着明亮的红色，像是血液一般通向这个城市的四肢百骸。夜幕降临，属于这个城市的盛宴刚刚开始。

姜百思是在车子拐过第二个路口之后才察觉到不对劲的。

“这不是回画廊的路。”

“下班时间都过了回去干吗？”

“我们去哪儿？”

陆予城顿了顿，扯起一个恶劣的笑：“去我家。”

看到他的模样，姜百思反倒松松地往座椅上靠去，神态一派轻松惬意：“好啊。”

并没有捉弄到她，陆予城觉得有些无趣，撇了撇嘴角：“你有时候真的很不可爱，你知道吗？”

姜百思轻轻哼了一声：“下次捉弄我之前先把剧本写好行吗？先不说你会对我感兴趣这种可能性存在概率有多大，就算你想干点什么，会带着这一大堆食材回家？”

陆予城却意外地抓住了她话中的某个字眼：“你凭什么觉得没可能性？”

“是请了大家一起在你家天台上聚餐庆功吧？”姜百思还在分析着，对陆予城突然的发问只觉得对方抓错了重点，理所当然地回答，“是你说过谈办公室恋爱的人都是智障，不管分不分手都十分影响工作心情啊。”

陆予城：“……”他是什么时候发表过这种智障言论的？他怎么不记得了？

他莫名其妙地觉得被冒犯了。

“谁跟你说的？”

“严飞。”

听到姜百思说了这个名字，原本还想扣锅胡说的陆老板闭了嘴，画廊里最认死理的员工，这口黑锅他想扣也扣不下去。

而远在十几公里之外陆予城住所的天台上，被季小蕾拉着布置聚会现场的严飞打了大大的一个喷嚏。

等到姜百思推开天台门的时候，一束礼花从她头顶炸开，五彩的纸片落了她满头满肩。

“姜姜姐你太厉害了！轻松搞定了展览场地！”季小蕾兴奋得脸蛋红扑扑。

身后的陆予城佯装怒意冷哼一声：“她厉害？我不厉害吗？”

季小蕾眼珠子一转舌头开了花：“当然还是老大英明神武领导有方。”

陆予城：“这话老板听着高兴，开瓶红酒庆祝一下！”

一旁的何眉环顾四周：“我只准备了啤酒。”

陆予城从袋子里把红酒拿出来，喊道：“在这儿。”

姜百思看着这两瓶从老吴那个超市买过来的红酒，突然像是想到什么，轻声问他：“你之前就知道老吴会答应？我记得我说服老吴之前你就买了这酒。”

陆予城看了她一眼：“成功了就当庆功酒，失败了就当消愁酒呗。而且……”

他的声音渐渐低下去，微不可闻。

姜百思疑惑地看向他：“而且什么？”

她这样仰着头看他，天台上闪烁的灯带在她脸上落下朦胧的灯影。

而且，可以顺便让某些不老实的人酒后吐点真言。

他的视线从她的脸上移开，落在一边哄闹着开酒的众人头上，摇了摇头：“没什么。”

姜百思还要再问，那边何眉举起了杯，叫着她的名字喊她过去。

“这么快搞定了场地和出展画作，现在就万事俱备了。”

姜百思看着大家兴奋的样子，摇了摇头：“还差一点。”

众人疑惑地看向她。

姜百思垂下了眸：“展览开幕式那天，艺华和韩盛肯定会请很多业界大佬来助阵的，我们这方面，就比较惨兮兮了。”

纪庭方在一旁，只零星听懂几个中文单词，姜百思最后一句话的意思，他倒是难得地捕捉到了。

他像是忽然想到什么一般，眉眼全都舒展开来：“说起来，戴恩先生，就是前年惠特尼双年展上荣获巴克斯鲍姆奖的戴恩·韦伯先生，因为我老师的缘故，我跟他在几次艺术展览会上见过几面，原本听说他因为档期问题谢绝了这个月来中国参加学术活动，后来不知怎的他又改变主意了。算算时间，明天他会到上海。”

姜百思望着他：“你的意思是……”

“如果能够争取到戴恩先生出席我们的展览开幕式，我们就有资本跟艺华拼上一拼了。”

对于目前的他们来说，这是个很好的消息。陆予城以为会看到姜百思欢欣雀跃的样子，可是却没有，他甚至有种错觉，她在听到这个名字的时候有一瞬间的迟疑。

啊，看起来还真的是越来越有意思了呢。

“那我们明天一早出发，去上海。”他把这件事定了下来，眼睛却落在姜百思身上，“你跟我一起去。”

姜百思揉揉后脖颈，不露痕迹地拒绝："感觉最近身体不太舒服，大概是上次住院没好透。"

陆予城盯着她故作自然的动作，没说话，听着她将最后的狐狸尾巴亮出："你跟纪庭方去吧，我放心。"

啊，也不知道是谁，前两天还冲着他发火不放心他带着纪庭方两个人去找刘臣，这怎么才两天工夫，就忽然转性了？

他不动声色地点头："那也行。"

"嗯。太累了，我还是先回去了。"

季小蕾对着她的背影喊："姜姜姐，你一晚上都没吃什么……"

看着对方如蒙大赦般逃离的背影，陆予城一双眼内乾坤无尽。

不着急，解谜的过程其实也很有趣，所以，他有的是时间跟她慢慢来。

他很期待，期待谜底揭晓的那一刻。

Chapter 05
每个人都有秘密

这么漂亮的嘴巴，骗起人来倒是毫不含糊

陆予城、纪庭方以及严飞三人到达上海，就直奔戴恩先生下榻的酒店，只是没想到的是，冤家路窄，碰上了刘臣。

当时陆予城正跟前台报上自己的名字，请求约见戴恩先生。

就听到身后响起一道不算陌生的声音："别白费力气了，戴恩先生说了这次过来只是为了参会，其余的邀约一概回绝。"

陆予城转身，果然看到刘臣正站在自己身后，看来艺华此次也有意邀请戴恩出席他们的艺博会。

刘臣向他伸出手去握手，同时眼神在陆予城身后来回瞟，口气轻浮："怎么没有见到姜主管？不是我说，有些事情带上女士更好办，更何况是像姜主管这么漂亮的女士。"

陆予城握住刘臣的手，看着对方猥琐的神态，想起来对方当日在东城度假山庄妄图拉住姜百思灌酒的场景，就是此刻他握着的这只手，曾心怀不轨地落在姜百思的小臂上。

一想到此，他眯了眯眼，握住刘臣的手使劲地用了用力。

刘臣原本还调笑的神态在他的手劲之下逐渐凝固，转而变成痛极的狼狈模样，"哎哟哎哟"叫唤着松手。

当日他们尚算有求于刘臣，又碍于姜百思拉住他，陆予城的脾气才没有发作。到如今，他们已经决意另外办一场展览，此刻新仇旧恨一起算，他下手丝毫没有顾虑。

纪庭方从身后拍了拍陆予城的肩膀，示意他冷静："见戴恩先生要紧。"

闻言，他松了手，眼中射出锐利锋芒：“下次再敢让我从你嘴里听到不尊重的话，就别怪我不客气了。”

刘臣看了纪庭方一眼，又对着陆予城说道：“听说陆总有意开办一场展览，那还真得拭目以待了。只不过你们这种十八线小画廊开的小展览，想请戴恩先生这样的业内泰斗级人物出场，是否太过异想天开？”

陆予城勾起嘴角：“放心，必然不会让刘总失望。”

说完，他再没有搭理刘臣，而是转身替中文水平欠佳的纪庭方继续跟前台交流。

纪庭方正竭力向前台表示他跟戴恩先生相识，需要前台帮忙通报一声，那前台小姐始终挂着职业的微笑，表示戴恩先生吩咐过所有的约见都要推掉。

正僵持着的时候，从电梯上下来一群人，被簇拥在最前面的，是一位灰白头发的英国老人。

此前正热衷跟他们打嘴仗的刘臣见到老人一行人的瞬间，就换了一副谄媚的面孔迎了上去，一边递名片，一边自我介绍，然而他话还未说完便被老人身边的保镖推到了一旁。

纪庭方也显然认出了戴恩先生，着急地用他蹩脚的中文喊着他的名字：“戴恩先生您还记得我吗，两年前在惠特尼双年展上我们曾经见过面……”

然而因为人太多场面有些混乱，戴恩先生似乎并没有听见纪庭方的话。他们眼睁睁地看着戴恩先生从他们眼前过去。

就在人群即将出门的时候，戴恩先生的身影忽然顿住，这位英国老人转过身来，手指了指陆予城和纪庭方：“I only have 10 minutes for you.”（我只给你 10 分钟。）

突如其来的机会让两人兴奋不已，而一旁的刘臣则只能看着机会被他们抢走。

陆予城和纪庭方两人进了戴恩先生的房间，还未等纪庭方重新自我介绍一下，就听到戴恩拍着陆予城的肩膀大声惊讶道：“Elton！Why are you here？”（Elton，你怎么在这里？）

一旁的纪庭方听到这个名字却是摸不着头脑地左看右看，最后视线落回到陆予城身上，一双欧式大眼睛瞪得越发大：“是你？”

陆予城无奈地笑笑：“是我。”

他以为自己只是在六年前短暂地见过这位戴恩先生一面，更何况现在的自己完全是另一个身份，对方应该不会记得自己。谁知道，一见面就被认了出来。

戴恩先生看着他，用生硬的中文说道：“你的老师十分想念你。”

想起自己的老师，陆予城有些失神：“请代我向老师问好。”

看着眼前这位自己老友的得意门生，戴恩先生叹了一口气：“让我出席你们的画展开幕式，可以。但是，我有一个条件。”

陆予城和纪庭方同时看向他。

“我希望，能在画展上重新看到 Elton 的画。”

十四岁蜚声欧洲画坛，让欧洲艺术界一致称奇的少年天才，在二十三岁时突然宣布封笔，并从此失去了消息。这么多年来，每每看到老友对于自己学生的惋惜，戴恩先生的心中也是同样的惋惜。

陆予城站在那里，沉默良久。最终，他回答：“很抱歉，我无法答应。”

在回去的路上，车内一片低气压。

纪庭方坐在副驾驶座上，余光轻瞟专心开车的陆予城，忍了又忍，刚想开口说话，便听到驾驶座上的人发了话："今天的事，不要告诉他们。"

人生在世，每个人都有秘密。

纪庭方理解地点了点头，一旁的严飞虽然还未完全从震惊中反应过来，也点头如捣蒜："我……我不会说的。"

他们从上海回来已经接近晚上十一点，陆予城回到他的住处。

这是一套复式公寓，顶楼连通着外面的天台，他并没有开灯，黑漆漆的房间里依稀透过来几缕清冷的月光，从顶楼的落地窗外看出去，可以看到前一天晚上所布置的彩灯带依旧悬挂在那里，闪着亮亮的光芒。

他拉开窗帘，坐在床沿，对着窗外那微茫的灯光发着呆，一动不动。

良久，他起身，推开阁楼的门。

门"吱呀"一声打开，电灯亮起，阁楼内堆放着几处旧物，全部都用绿色的遮尘布遮盖着，布面上积落的灰尘昭示着主人长久没有光顾这间小屋的事实。

陆予城抬步迈入这间小小的阁楼，他走到墙角的一个画架一样的东西面前站定，仿佛是犹豫了一会儿，终于伸手掀开了盖在那上头的布。灯光映照之下，长久积落的灰尘像细碎的小虫子一样飞舞，伴随着布面的落地，面前的这个架子终于露出了它本来的模样。

那是一幅油画。

确切地说，那是一幅尚未完成的画。

画的右下角，依稀落款着一个名字：Elton。

这是二十三岁的陆予城画的最后一幅画，也是他发誓此生作的最后一幅画。

所以，当戴恩先生要求在画展上见到 Elton 的画时，他无法答应。

如果那曾被世人称赞的少年天才和自己从小引以为傲的画风，有一日成了自己无比唾弃和厌恶的印记之时，他又如何再重新去拾起他的画笔呢？

绿色的遮尘布重新被盖回到画作之上，室内重新归于黑寂，门被重新关上，这里面的一切仿佛又被重新封印。

午休时间，季小蕾神神秘秘地将姜百思拉到一旁，小声说道："姜姜姐，你有没有觉得那三个男人从上海回来之后就变得有点不对劲？"

姜百思这几天正忙着对老吴那家超市做展览场所改造，施工方那边搞错了展览灯光布置，她正跟对方对接："现在做的光噪声过大，我要的效果是除主光斑外，消除灯具的杂散光、副光斑和漏光。还有灯具的防眩角度也不够，容易造成眩光，立刻派人给我重做。"

挂完电话她才想起季小蕾说的话，她的目光落到陆予城办公室的门上。

季小蕾接着说："尤其是严飞，他跟老大从上海回来之后说，戴恩先生不答应出席我们的展览开幕式，我安慰他说本来我们这种三流画廊，我也没抱多大希望，让他不要太过自责。可是看起来好像没什么用，他情绪还是很低落的样子。"

她顿了顿，又接着说："而且更奇怪的是，我总觉得他在愧疚之余，又有点儿莫名其妙的心虚……"

“说到心虚，我觉得纪庭方也不对劲儿，仿佛背着我们干了什么坏事一样。”不知道什么时候站在她们身后的何眉手摸下巴，一副思考的样子。

季小蕾亦是一副苦思冥想的样子，突然像是想到什么一般，心虚地看了看姜百思：“可能是因为怕姜姜姐失望，毕竟当时去的时候还是信心满满地认为能够请到戴恩先生。”

姜百思的目光又落到陆予城办公室的门上，喃喃道：“是吗，是因为我给的压力太大吗？”

季小蕾闻言，连忙解释：“不是，不是，我不是这个意思！”

姜百思宽慰地给她一个笑容，没再说什么，走开了。

姜百思离开之后，季小蕾怯生生地看着何眉：“阿眉姐，我是不是说错话了？”

何眉拍了拍她的肩膀：“没事的，姜姜可不是那么小气的人。”

何眉在公司的天台上找到了姜百思，她正安静地看着远方，风将她的发吹得凌乱，也吹起她白色衬衫的衣角，苍穹在她身后布成一片巨大的背景，让人疑心下一秒她就生出两翼来，随风而去。

“在想什么？”何眉问。

“我在想，从什么时候开始，我变成现在的样子。为了泄自己的私愤，不管不顾别人的想法。”

从下定决心要反击韩清如开始，她就像一个高速旋转的陀螺，不仅自己停不下来，也裹挟着别人无法停下来。

何眉看着自己好友认真的困惑模样，忍不住摇头笑了笑，看起来她还没有意识到，画展的事情能够任由她折腾到如今的地步，完全是由于她一直在被某人纵容着。

“你认为你做下这个决定，是让陆予城和 Y.U 所有的人感到为难了？”何眉看着她问。

姜百思点了点头。

“你何不去问一问他呢？看看他是否觉得为难。至少他是你的老板。”

她可是在那个人的身上丝毫看不出他有被姜百思裹挟为难的苦色。

姜百思叹了口气，不知道为什么她最近有点害怕见到他，总觉得他已经敏锐地察觉到了什么。但何眉说得对，至少他是她的老板，在对一个项目推进上，她和她的老板至少要达成共识。

看着姜百思离开的身影，何眉摇了摇头，轻声叹息：“真是个迟钝的丫头。”

“那么你呢？”身后忽然响起这个声音，何眉的心跳乱了一拍。

她转身，果然是纪庭方那张带着几分哀怨的脸。

“什么？”她装傻。

“你难道就不迟钝，总是看不到我的心？”

纪庭方一步步向她走近，她一步步后退。退到退无可退处，她伸手挡住他：“停！你别忘了，我们已经分手了！”

而这个动作却刚好给了他机会反客为主，他顺势抓住她的手将她拉至自己的胸前，他埋头在她的发间轻嗅，声音里带着少年人的意气和苦闷：“那你也别忘了，我可还没有答应。”

何眉挣脱不开，一张脸涨得通红，又羞又怒，正要发火，纪庭方却松开了手。

她收手不及，一个巴掌挥到了他下巴上。

何眉愣住了，看着他有如被抛弃的流浪小狗模样，轻声问：“我不是有意的，疼吗？”

纪庭方却猝然换了一副模样，摸摸被她手指刮红的下巴，笑得露出一口白牙：“能换到你这样心疼的表情，就不疼了。”

何眉以前觉得，在他们两人之间的这段关系里，自己一直是处于占据主导位置的角色。就像当初她任性地开始，又任性地结束。

而现在她发现，不知道从什么时候起，眼前这个大男孩让她开始觉得难以搞定，叫人头疼。

她像个逃兵一样落荒而逃。

她的身后，年轻的大男孩安静地站在那里，看着她慌乱离去的背影，眸光深深，不知道在想些什么。

姜百思是在楼梯间找到的陆予城。

此时陆予城正躲在楼梯间抽着烟思考人生，看到姜百思出现的一刻，他吓得烟灰抖落到了手上，顾不得皮肤上的灼烫，脑子混乱一片在想该用什么借口解释自己抽烟的行为。

却没想到姜百思只是轻微地瞟了一眼被他毁尸灭迹胡乱踩灭在脚底的半根香烟，破天荒地没有严厉谴责他的抽烟行为，反而坐到了台阶上，扬起她那张素净的小脸，仰头看着他：“坐下来聊一会儿？”

看起来是有话要说，陆予城挑了挑眉，在她旁边坐了下来。

楼梯间里很安静，空气中还弥漫着丝丝烟草气息。姜百思就在这气息中开口：“是不是因为我，给了大家很大压力？”

陆予城一时没听明白，问：“什么？”

姜百思转过头，认真地看着他：“因为我一意孤行想要叫板韩盛和艺华，你们此行说服戴恩先生不顺，觉得压力很大……我想了想，是我此前没有顾虑到大家的心情……”

陆予城愣了半秒才反应过来，他家姜主管究竟脑补了怎样的剧情，他看着她认真检讨的小表情，他实在是忍不住想捏一把。

这么想着的时候，手也顺着主人的意愿伸向了姜百思的脸庞，但看到她几分迷茫几分困惑的神情，那只手到底还是没有落到她的脸上，而是改道去向了她的发顶。

他哈哈笑着，揉乱她的头发："一天天你的小脑袋里面都在想什么？你看你老板像是心理素质那么差的人吗？"

姜百思在他大笑的时候就意识到，可能是自己脑补过多又搞了乌龙，耳朵都红了起来：“那你们从回来之后就一副心事重重的样子是怎么回事？尤其是严飞，我本来还想找他谈谈的。”

陆予城心里暗骂严飞不顶用，让他藏个秘密，倒把心事都放在了脸上。

幸好姜百思没有先去找严飞聊，不然他可难担保那家伙一着急把什么都和盘托出了。

他敛了表情，同她说道：“我回来之后只是在想戴恩先生这条路走不通，我们只能退而求其次去找别的人。至于严飞，你不用去找他聊了，免得给他更大压力。”

他顿了顿又接着说：“只是我们都要有心理准备，另外找的人必定是不如艺华那边请的人咖位大。”

姜百思看着他略微有些疲惫的样子，心里一个冲动突起，开口说道：“其实，我……”

话说到一半，却又凝滞住了。

脑海中飞快地闪过许多碎片，雷电交加的雨夜，一声清脆的巴掌之后，是韩清如那张带着恨意的脸，她听见韩清如说："还？你要怎么还？你得到的一切哪样不是韩家给你的？"无数个夜晚，这一句话像魔咒一般回荡在她的梦境里。

何眉不解她为何会这样决绝地割裂掉自己前半生的所有联系，她无法告诉何眉，那是她剜疽求生的本能。

察觉到她的异样，陆予城抬起眼，以疑惑的眼神看向她。

她敛了敛神，长睫微垂，顿了顿，重新说道："我是说，人选我另外会让严飞留意的。"

陆予城似笑非笑地看着她，直觉她刚刚想说的并不是这个。但眼下他也有心事藏着没有坦白，因此并不太想咄咄逼人，暂且纵容着眼前这个小孩的把戏。

他直起身，拍了拍裤腿上的灰尘，拉长了语调意味深长地对她说："那还真是要姜主管多多费心了啊。"

等到陆予城走后，姜百思紧紧捏着的拳头终于松开，手心留下被指尖掐出的深深痕迹。

同戴恩先生相识，是根植于韩家的那个姜百思所有的，并不属于如今一无所有的姜百思。

所以，当陆予城提出让她一起去见戴恩先生的时候，她拒绝了。

从前的生活，对她而言，已经算是上辈子。

刚才她看到陆予城为人选头疼的模样，鬼使神差地想要提出来由她去请戴恩先生试一试。清醒过来的一瞬她才发现，自己差点踏进了前半生的泥沼之中。

姜百思并没有太多时间为自己的隐瞒而感到愧疚，因为布展现场有太多的细节等着她去敲定。

沈阔大多数作品创意来源于《诗经》，他以《诗经》入画，创作了许多空灵飘逸的水墨作品。

除此之外，因为沈夫人年轻时候是昆曲演员的原因，沈阔的画作中也有很大一部分灵感来自于《牡丹亭》《西厢记》《长生殿》《孔雀东南飞》等昆曲剧目。

根据姜百思的策展方案，二楼将作为《诗经》系列水墨画的展厅，独特的采光系统能够充分展现水墨画的意境。整个二楼展厅将尽量采取自然光采光，只在天气阴暗或下雨的时候才开启射灯照明。

至于受限于结构构造采光度并不很高的一楼展厅，她打算根据昆曲《牡丹亭》唱段打造全息投影、多媒体影像、昆曲文化为一体的沉浸式、互动式展览。

唱段中每一个曲牌名对应一种展览形式，其中“绕地游”利用镜面成像打造契合惊梦主题的奇幻感，“步步娇”则是利用沈阔的画由多媒体实现一步一开花的视觉效果，“醉扶归”是用光照投影到大面积透明画勾勒出游客剪影，最后的“画眉序”则是收集与《牡丹亭》有关的书画古籍及服饰实物展览。

Y.U 这个小画廊从来没有办过这么大的展览，一个个忙得脚不沾地。

严飞大学学的是计算机多媒体专业，虽然并不是传统意义上的正经的展览艺术专业科班出身，但是姜百思策划的这场新媒体展览倒是让他派上了大用场。

他平时就喜欢研究光电装置，这会儿他根据姜百思的构想，一点一点将姜百思想要的实景搭了出来，遇到想不通的地方便跑过来专门和姜百思沟通。

正帮忙给墙壁刷完漆的季小蕾下楼看到严飞搭建的装置效果，惊叹得嘴巴张大得都能塞下个鸡蛋。

她重重地拍了拍严飞的肩膀："深藏不露呀，严飞！"

严飞被季小蕾夸得红了红脸，挠了挠头，说道："我也是第一次做这种大型新媒体装置，主要是靠姜姜姐教着我做的。"

季小蕾转身看向姜百思，她正忙着给投影的幕布搭架子。季小蕾向来崇拜她的眼神中越发显得亮光闪闪："我以前光知道姜姜姐是万能的，但没想到姜姜姐是这样万能的。"

姜百思含笑看着她："我让你盯着楼上施工队的灯光布置，你盯着了吗？"

季小蕾吐了吐舌头："盯着了，盯着了。射灯要在40度，这样灯光不会直射到画面上，照度要控制在50勒克斯，这样灯光不会太亮喧宾夺主也不会太暗看不清楚，光晕要完美柔和，所有这些都按照你说的标准执行了。"

季小蕾说完，再次感叹了一句："姜姜姐你真的好厉害，好像什么都懂。"

"的确，要不是我看过姜主管提交的履历，恐怕还会以为姜主管以前策划过无数大展。"身后响起陆予城似笑非笑的声音，他看着姜百思，意有所指，"可完全不像个初出茅庐的新手。"

姜百思讪笑道：“其实没有季小蕾说得那么夸张，只是普通的一些常规操作而已。”

陆予城闻言笑了起来：“常规操作？呵，看来我们姜主管对于常规的要求可真是特别。”

姜百思回避了他的视线，当作没听懂他的调侃，只是转头问他身旁的纪庭方：“你们去见美院副院长的结果怎么样？他答应做我们的开幕式嘉宾吗？”

纪庭方失落地摇了摇头。

“我们在他那儿碰上了刘臣。”

多余的话已不必说，面对艺华和他们这个三流小画廊的邀约，对方最终做何选择不言而喻。

“这一次两次的，艺华摆明了是存心针对我们！”严飞皱眉道。

姜百思却敏锐地抓住了字眼，她轻轻瞟一眼陆予城：“怎么，你们去找戴恩先生的时候也碰上了？”

陆予城勾起一个轻蔑的笑，冷哼一声。

“起冲突了？”姜百思在他那表情里解读出了不乐意。

“怎么的？我还非得要让着他吗？”大少爷明显不高兴。

姜百思心下了然，他还为着之前她叫他忍让的事情耿耿于怀，便说道：“我可不是这个意思。我是想着反正合作已经破裂，依你的性子还不得有冤报冤有仇报仇的啊？”

“事实上，老大的确有冤报冤有仇报仇了，姜姜姐你猜得真准，那家伙还对你……”严飞的话还未说完就被陆予城一个眼神瞪得咽回去了。

姜百思还要再问的时候，门口突然传来一个脆生生的声音："姜姜姐姐！"

随后一道矮矮的身影冲过来，抱住她的大腿。

姜百思笑着揉揉瑞瑞的头发："你怎么来了？"

瑞瑞往身后一指："伯伯说让我来做帮工。"

他们的身后，老吴穿一身工装，扛着粉刷的工具站在那里。

"知道你们忙不过来，我过来帮把手。"

季小蕾欢呼一声："总算有人来帮我一起刷墙漆了！老吴你人太好了！"

骤然被夸，老吴显得有些不好意思。他僵硬地咳嗽一声，用他那粗粝的大烟嗓说："可别先夸我，我来帮忙也是要酬金的。"

而后他转头看着姜百思："这没问题吧，小陆他对象？"

姜百思回道："当然没问题，工钱就从我们的场地租金里扣吧。还有，别再那么称呼我，我和他不是你想的关系！"

老吴看一眼陆予城："这么快分手了？上回在我那儿买画的时候还好好的。"

陆予城两手一摊，江湖气十足："让你误会一下能拿到分期付款的待遇，我只好委屈一下了。"

老吴磨牙："我看你可一点也不像委屈的样子。"

事情还有一堆，姜百思没空跟他耍嘴皮子，轰着人就让他们去干活。

直到老吴刷了半面墙才回过味儿来："哎，你们租金就是欠着我的吧，哪儿来的工钱从租金里扣？"

一旁的陆予城冷笑一声："你才反应过来吗？"

老吴一只手搭上陆予城的肩，一副上了贼船的受害者嘴脸：“你女人可真能忽悠，我怀疑当初她那番有关情怀的话，就是忽悠我的，情怀能当饭吃吗？”

陆予城把肩上的手拿开，面无表情：“都说了我们不是男女朋友关系。”

老吴思考了一下，纠正了称呼：“不是男女朋友关系，那就是你单恋？”

陆予城手一抖，白色油漆洒落地面，正要否认就听到老吴“嘿嘿”一笑：“别想否认，我可没瞎。”

陆予城垮下肩膀：“这么明显？”

老吴点点头。

陆予城认真地看着他：“在她面前你别瞎说。”

老吴有点意外：“这么㞞？不让她知道？这不像你的风格啊。”

陆予城叹一口气，思考怎么开口能让事情变得好理解一些：“她还没完全从上一段感情里走出来……”

听他这么说，老吴恍然大悟长长地“哦”了一声，表示理解：“那难怪。”老吴拍了拍他的肩，“任重道远啊，小陆。”

一楼展厅里，被两个大男人凭空臆想了一段哀怨悱恻的恋爱经历的姜百思重重地打了个喷嚏。

瑞瑞懂事地递给她一张纸巾，温柔地道：“姜姜姐姐你感冒了吗？”

姜百思擦了擦鼻子，回他一个宽慰的笑：“没事的，只是有点鼻塞而已。”

瑞瑞看了看周围散乱的物品，站起来撸了撸袖子，小大人一般说道：“姜姜姐姐，我来帮你吧。”

姜百思手头上做的正是“绕地游”这一场景中的镜子迷宫装置，镜片虽然都用包装纸裹着，但她还是怕划到瑞瑞，拍了拍他的小脑袋：“我们瑞瑞真乖真懂事，不过姐姐这儿暂时不需要帮忙，瑞瑞可以去你伯伯那儿看看，或许有什么需要瑞瑞帮忙的地方呢。”

直接拒绝他怕伤到小孩子的积极性，因此把他往老吴那儿引，作为监护人老吴应该有的是办法保护好他，而且刷墙漆对小孩子来说也是可以帮忙完成的工种。

而二楼展厅此刻本应该在刷墙漆的老吴在熊熊燃烧的八卦心之下，干脆撂下了刷子，双手抱臂，倚靠在梯子上，准备深挖单恋当事人的心路历程。

“哎，说说你怎么看上的她？又轴又拧巴还藏着一堆秘密的一个麻烦女人。”

被采访当事人坚决维护自己爱情的高贵性：“有秘密又怎么样？人生在世谁还没点秘密？我就是爱纵着她藏秘密！”

老吴啧啧叹息：“怪不得那丫头完全没把你这老板放在眼里，原来都是你惯的。别怪老哥没先提醒你，感情里先动心的人一开始就输了。”

陆予城哼一声：“我既然敢认，就不怕服输。”

他眉眼间带着与生俱来的张扬和桀骜，那是融在骨子里的绝对自信。

老吴一时失了言语，正想说什么的时候就听到身后传来瑞瑞怯怯的呼唤声：“伯伯、陆叔叔……”

两人俱是一惊，视线皆是下意识地看向瑞瑞身后，发现姜百思并没有跟在他后面，两人又同时松了口气。

老吴嗤笑一声：“说好的不怕输呢？刚刚又是在怕什么？”

喜欢一个人，就得当面儿说出来，这样子让她站在背后通过第三人嘴里说出来又算是怎么回事呢？

日常行为自带痞气的陆老板，有着纯情如高中大男孩的恋爱逻辑。

但这话他没法同老吴解释。

他只是冷哼一声将话头抛回给老吴：“那你刚刚又是在怕什么？”

老吴叹一口气，一副被资本主义剥削的苦主样：“那丫头我可是几次领教过她的厉害，要是让她发现我在背后编排她，不知道我的租金还拿不拿得回来。”

陆予城笑了起来，那的确是他那为画廊精打细算的姜主管会干得出来的事。

真是糟糕，一旦喜欢上一个人，就看她哪哪都觉得可爱。

老吴怒其不争地叹口气，朝着瑞瑞招招手：“大侄子，过来。”

瑞瑞乖巧地站到他们跟前。

老吴轻声问：“什么时候过来的？”

瑞瑞眨巴着乌黑的大眼珠子，指了指陆予城：“在陆叔叔说喜欢姜姜姐姐的时候。”

闻言，陆予城手里刚刚蘸满了油漆的刷子“啪嗒”一下掉进了桶里。

老吴有些幸灾乐祸的样子：“我是不会告诉她的，但难保我大侄子不会。”

陆予城蹲下身，摸摸瑞瑞的头：“刚刚听到的不要跟姜姜姐姐说，好吗？”

瑞瑞歪着小脑袋，有些疑惑的样子："为什么不能告诉？难道喜欢一个人是个秘密吗？"

陆予城忽悠起小朋友来毫无愧色，郑重地点了点头："对，这是我们的秘密。"

瑞瑞仰着头，一副特别得意的样子："那我知道好多人的秘密。小蕾姐姐喜欢她，何眉姐姐喜欢她，我也喜欢她！"

听完瑞瑞的话，陆予城才反应过来在十岁小朋友心里的喜欢是什么意思。

他忍不住笑了起来。

老吴佯装愤怒地踹他一脚："滚，你这个大尾巴狼，别欺负我大侄子。"

陆予城作势反击，老吴一边闪躲，一边看向他身后喊道："姜主管！"

陆予城冷冷一笑："你别跟我来这一手，我可不吃这套。"

紧接着就听到瑞瑞欢欢喜喜地跑过去，嘴里喊着"姜姜姐姐"。

姜百思看着刷到一半被丢在一旁的工具，头疼地揉揉额角："将你们两个不对盘的家伙放在一起，是我失策了。"

她记得这两人从第一次见面的时候就互相看不顺眼了。

但她大概不会想到，两个不对盘的家伙刚刚分享了最大的秘密。

姜百思本就鼻塞，面对两个头疼的家伙更加觉得呼吸困难，她吸了吸鼻子，使唤着老吴去一楼展厅帮严飞的忙。

"这里我自己来吧。"她说道。

听她说话鼻音浓重，陆予城挑了挑眉："感冒啦？"

“没什么问题，只是有点鼻音而已。”姜百思轻描淡写地回答。

她嘴上咬着皮筋，两只手将头发扎起，再戴上报纸做成的纸帽子，专业又干练。

陆予城见她刷漆动作利落娴熟，又想起她指挥展厅布置时的老到，像是做惯了一般，全然不像她自己口中所说的，只是从国内三流大学肄业的一般小女生。

见他盯着自己，姜百思未免有些心虚，问道：“有什么问题吗？”

陆予城指了指墙面：“技术很熟练嘛，看起来以前经常搞布展？”

姜百思脑中警铃大响，含糊地应了声，并且时刻不忘自己孤弱无助的贫困生人设：“生活所迫，勤工俭学，打杂练出来的。”

撒完谎，姜百思下意识地舔了一下干燥的嘴唇。

陆予城的视线落在她的唇上。她的唇形很漂亮，又薄又亮，天生带着水润的光，像晨露中的樱桃。这么漂亮的嘴巴，骗起人来倒是毫不含糊。

若是执行布展中的一些细节劳动，尚可以解释是她勤工俭学积累下来的技能，那么能策划出如此体量庞大又载体丰富的展览，绝对不会是单靠在学校里打杂能够做得到的。

他看过她出的策展方案手册，思路清晰，细节完备，甚至连预案都很周到，饶是很多在业内摸爬多年的老油条也未必能够做到这种程度。

他顿了顿，又接着说道：“《艺术观》的编辑打电话来和我说，你给他们的为我们这个展览做广告的软文，他们副主编看了很欣赏，想要邀你多写几篇做成系列文。”

姜百思愣了一下：“怎么打到你那儿去了？”

“那位编辑急于联系上你，但你电话一直没人接。”说着，陆予城指了指她因为忙于布展而放在展厅角落的挎包，手机也放在包里。

姜百思一拍脑袋：“我忙忘了，待会儿我回个电话给他。”

陆予城若有所思地盯着她的脸：“那篇文我看了，写得真不赖呀。”

姜百思笑笑：“不过是篇讨巧的软文罢了。”

听听，她竟然说那只是篇软文罢了。

“那《艺术观》的副主编未免也太没水准了，竟然把你这篇软文当作精品。”陆予城话语里是浓浓的嘲讽。

他让那位编辑将这篇所谓的软文发到他的邮箱，他看完之后，只有一个反应，当日让她待在这个小画廊当个小主管还真是委屈了她呀。那篇文见解独到、行文专业，古今中外艺术学史典故信手拈来，要不是文章最后宣传了他们即将要举办的这场展览，他差点要以为是篇专业的艺术小论文。难怪人家副主编想要将之弄成个系列文。

姜百思又看到了陆予城脸上露出了那种探究的深思表情，她最怕的就是看到陆予城的这种表情，然后她就听到身后传来了瑞瑞的哭喊声。她转身看去，只见瑞瑞正趴在高高的伸缩梯顶端，伸缩梯底部并未完全放稳，瑞瑞在上面摇摇晃晃地就要摔下来。

姜百思急得丢下刷子就跑过去要接住瑞瑞，然而瑞瑞虽然才十岁，从高处跌落下来的冲击力却不小，姜百思被瑞瑞冲撞得向后仰去。在瑞瑞的哭声中，他们跌倒在一个宽厚的胸膛里，姜百思只听得那人被撞得闷哼一声。

姜百思查看了瑞瑞的身体，发现他没有受伤之后，又准备去检查陆予城的身体，刚才他们摔下来的力道可是不轻。

陆予城抓住她预备掀起他衣服的手："你往哪儿摸呢？我没事！"

姜百思皱皱眉头，将信将疑地看着他："真没事儿吗？"

"真的没事。"

姜百思放下心来，脚刚动了一下，就觉得钻心地疼。

陆予城扶她坐下，掀起她的裤腿，右脚脚踝红肿一片。

陆予城仔细查看："幸好没伤到骨头，还能走吗？"

姜百思点点头："等会儿揉一揉就好了。"

陆予城扶着她起来，见她脸上泛着不正常的绯红。她的手搭在他的小臂上，他只觉得她像一团火一般，心里一惊，再将手探到她的额前，果然一片滚烫。

这个女人，果然从来学不会照顾好自己！

"姜百思，你在发烧你知道吗？"

姜百思原本只是觉得头有点晕乎乎的，经过刚才的一顿惊吓，这会儿像是踩在云端，浑身使不上力气，却还是忍不住嘴硬："我没事，只是一点轻感冒。"

此时被刚才的动静惊动的众人皆已经跑了过来，陆予城将瑞瑞留给老吴照料，拉着姜百思强制要她回去休息。

原本留给他们的布展时间已经很紧张，姜百思不想将时间浪费在休息上，挣脱了陆予城的钳制，说道："离开展时间只有不到一周了，展厅还有很多东西都没布置完，我不能走。再说，我吃片退烧药就好了，脚上的扭伤也并没有很严重。"

陆予城气急："自从要准备这场展览开始，从准备策划方案到参与具体布展，你告诉我你每天休息时间几个小时？"

姜百思不想在众人面前跟他吵，只轻轻反问他：“作为老板看到员工这么奉献自我，你难道不觉得欣慰吗？”

“我欣慰个屁！”陆予城气到爆粗，他看着姜百思，“你走不走？”

姜百思看他像是真的动了怒，小小退让了一下：“我现在就先把退烧药吃了，过会儿温度就会降下去了。”

说完，她喊季小蕾去她包里拿药，然后就看到陆予城眼睛危险地眯起来，似乎是察觉到了什么。她下意识地想后退一步，却不及身边人的动作更快。

姜百思只觉得身体一轻，已被他拦腰抱起。突然失重的感觉让她轻声惊叫了一下，她在他的臂弯里徒劳地扑腾着。

在十几道视线的注目礼中，姜百思窘得脸越发热：“陆予城，你放我下来！”

陆予城痞气十足：“刚才给了你机会自己走，是你自己不选的。”

“你什么时候……”姜百思怒问的声音说到一半停住，想起来他刚才的确问过走不走。

“陆予城你这个浑蛋。”在姜百思微怒的声音中，陆予城轻松抱着她往外走去。

留下几个人面面相觑。

季小蕾喃喃:“是我的错觉吗？总觉得我被老大强行塞了一堆狗粮。”

何眉补充：“你的感觉没有错。”

姜百思的出租屋里，陆予城从冰箱里拿了冰袋，往姜百思的脚踝上冷敷。

姜百思疼得轻轻瑟缩了一下。

陆予城嘲讽道："不是说没事吗？不是说不痛吗？"

姜百思气得腮帮子疼，扭过头并不理他，但依稀感觉对方的动作轻柔了很多。

冷敷之后，陆予城又黑着一张脸盯着姜百思将退烧药吃下。

吃完药之后，他又给她熬了养胃的小米粥，逼着她将一整碗喝完，又强制她躺下休息之后，全程没有说一句话就摔门走了，不知道在生什么气。

看着被重重摔上的门板，姜百思气急："发什么脾气，明明该生气的是我才对！"

话音刚落，手机铃声响起，来电赫然显示是刚刚那位离开的黑脸门神。

刚一接通，就听到电话里传来陆予城冷冷的声音："你给我老实待家里休息两天，要是敢给我提前销假回来……"

"提前回来就怎么样？"作为老板竟然还威胁起员工来了。

然而陆予城并没有回答，只是冷哼了一声就直接挂掉了。此时电梯门打开，他径直走了进去。

几乎是同一时间，旁边一台上行的电梯厢门打开，走出来一个英挺的身影。

屋子里姜百思对着被挂断的手机轻声骂："阴阳怪气，喜怒无常！"

刚骂完，就听到外面门铃被按响。姜百思心虚地看看手机，几乎疑心自己刚刚的骂声被那位黑脸门神听到了。

姜百思瘸着一只脚，一瘸一拐地出卧室去开了门，边开门边讽刺："刚刚甩门甩那么狠，现在又回来想给我什么教训……"

待看清门外的来人时，她的尾音猝然停住，同时她的手迅速地准备将门关上。

“思思……别关门……”门外的男人焦急地将手掌挡在门缝里，姜百思收手不及，将他的手夹个正着。

看他因手指被夹露出的痛苦神色，姜百思停下了关门的动作，她竭力掩藏脸上的波澜，冷淡地问：“你来干什么？”

顾衍的手被夹得通红，有些可怜巴巴地问她：“我可以进去说话吗？”

姜百思抵着门：“不必了，有什么话就在这儿说吧。”

顾衍生怕她将门关上，另一只手撑着门板：“你把我的号码拉黑名单了，所以我只能来这儿找你。”

姜百思垂下眼，既然已经决定要跟从前割裂，那么一切的人和事都不必再有联系，所以从他那次给她打电话之后，她就将他拉入了黑名单。

“我知道因以前的事情你还恨着我，我不指望你这么快会原谅我，我只是想说，从前我发过誓要保护你一辈子，以后我再也不会让你一个人受那些伤害。”他顿了顿，又接着说，“清如她……有时候做事情的确会没有分寸，我怕她伤害你。而且她这次借着艺博会，势必是要打压你，不会顺利让你的展览开成的。”

“我知道，她早就暗中下手了。”

否则，凭着他们这十八线小画廊，刘臣根本不会花心思来专门对付他们，除非是因为有韩大小姐的特别授意。

“那天电话里我说的话你还记得吗？你有任何需要帮忙的地方尽管开口……”

“不必了。”还未等他说完，姜百思就立刻拒绝了。

这样疏离的样子，顾衍的眼中闪过一丝心痛。

顿了顿，姜百思又说："事实上，你已经帮了我很多，当时我们能这么快拿到韩盛的违约金，是因为有你在做周旋吧？不然以韩清如的性格，就算再被陆予城那拉横幅讨薪的流氓行径闹得不耐烦，也不会那么快同意让财务部将钱赔给我们。以你的身份，能够帮我这么多，我已经十分感谢了。"

顾衍看着她，清晰的逻辑、冷静的分析，在他面前她已经可以像对待普通陌生人一般，怎么办，她仿佛已经完全走出去了，困在原地的只剩他一个人了。

他试图去拉她的手："思思，你知道的，对我你永远不必说这些感谢的话。"

姜百思躲开了他的手："顾衍，你应该知道接下来我要做什么，以后我就是韩家的敌人，我们最好也只能当个陌生人。"

"韩叔叔他很想你，他和我一样，一直在等你回去。"

姜百思往后退了一步："从我离开韩家那天起，我就跟韩家没有任何关系了。"

"思思……"顾衍望着她的眼睛里满是痛苦，他还要说什么，但已经没有机会，因为他口袋里的手机响了起来。

他按掉，它再响，再一次按掉，它再一次响。

如此作风，除了韩清如没有第二人。

"你接吧。你知道的，以她的性格，你一晚上不接她就能打一晚上。"

手机铃声再次响起的时候，顾衍接通了。

楼道里很安静，因此电话里韩清如的声音都显得那样清晰，她的情绪似乎很不稳定，质问顾衍在哪里。

顾衍没有回答。

这样的沉默令韩清如爆发："你在姜百思那里是不是？顾衍，我限你立刻回来，否则你迟一分钟我就将一分怒气迁到姜百思那个贱人头上！我说到做到！"

电话被挂断了。

顾衍看着姜百思，眼睛里盛满了担忧。对于她所面临的困境，不管是从前还是现在，他所能够帮她的，似乎永远有限。

而他目前所能做的，就是阻止韩清如疯狂的报复。

有一分，他就做一分。

他伸出手想要摸摸她的脸，被她疏离地躲开了。他伸出的手最终轻轻地落在她的发顶，像很多年前他在机场送她飞往英国留学时，对她说："好好照顾自己，我走了。"

姜百思看着顾衍离去的背影，想起那年独自登上飞机的她在两万英尺的高空，哭到停不下来。他与她同作为韩家的寄宿者，一起长大，相互同情，相濡以沫。姜百思自小没有亲兄弟姐妹，所以她曾经格外看重与顾衍的情谊。顾衍待她很好，她想象过无数遍，如果她有亲人的话，应该就是这般模样。

直到一年前那个雨夜，当她和韩家决裂，彻底地站到了韩家的对立面。他作为韩夫人的养子，让他在整个韩家和她这个被韩家驱逐的出走者之间做选择，对他而言是一件多么残忍多么艰难的事情。

是的，她从来没有怪过他。她比任何一个人都懂得作为一个寄宿者的艰难，所以，在韩家最后的一点顾念，她都逼自己舍弃了。

这样很好，对大家都好。她这样对自己说道。

可是眼睛啊，为什么还是会觉得那样酸涩？就好像十七岁那年独自坐在飞机上哭泣的自己。

她用手背抹了抹眼睛，幸好，并没有掉什么眼泪。

她终究已经不是十七岁那年的自己，已经学会认清没有谁会一辈子陪在自己身边的事实。

她想对着自己轻轻扯起一个笑，可是失败了，尽管已经学会了向现实妥协，但终究还没完全学会无动于衷。

不过，还是有进步的。至少比两个月前被陆予城见到的那个自己进步多了。

莫名其妙地，她脑子里冒出了这个想法。

她甩了甩头，准备关门回房，却意外地听到楼梯间里传来一声轻响，然后，一个苹果缓缓地滚了出来。

“谁在那里？”姜百思问道。

楼梯间里，何眉慢慢走了出来。而何眉的身后，则跟着季小蕾。季小蕾左手提着果篮，右手将滚落出来的苹果捡了起来。

季小蕾皱着一张脸，可怜巴巴地看着姜百思：“姜姜姐，我发誓我们绝对不是故意要偷听的！我只是想着你感冒发烧了，多吃点水果补充VC能增强抵抗力，所以就跟着何眉姐一起过来给你送点水果。”

姜百思叹了口气：“什么时候来的？”

季小蕾低下头：“刚出电梯就看到老大气呼呼地摔门出来，我怕撞枪口上挨骂，就躲到楼梯间里去了。结果等我要出来的时候，顾先生就来了……”

看季小蕾东拉西扯了一堆，何眉直截了当地总结：“简而言之，该听到的都听到了。”

对于何眉来说，对姜百思的过往或多或少都有了解，今晚听到的话也只是对她之前的所知做个补充。而对于一下子接收了诸多信息的季小蕾来说，以她大大咧咧的性子，不知道在震惊之下，会说出什么。

姜百思看了何眉一眼，转而对季小蕾说：“小蕾，我想请你帮我个忙。”

闻言，季小蕾的眼睛亮了亮：“姜姜姐你说，什么忙我都愿意帮。”

姜百思看着她，一字一句地说道：“请你帮我保守这个秘密。”

季小蕾这几天的胃口很不好，去看中医，医生说是她平时爱暴饮暴食把胃撑着了，开了点健胃消食的药就让她回来了。

展厅里正在做最后的布置，严飞忙得脚不沾地，好容易抽空跟她一起吃顿饭，她却戳着米饭在数大米。

“别跟失了魂一样，医生说了只是积了食的缘故，很快会好的。”严飞忙坏了也饿坏了，边扒拉着食物，边对季小蕾说。

季小蕾叹了一口气：“你不懂，撑坏了我的胃的，不是食物，是不能说的秘密。当一个人藏着一个秘密时，他的五脏六腑都会饱的。”

原以为严飞会像平时一样嘲笑她的歪理，今天他却格外反常地顺着她的话头说道：“说起秘密来……我也藏了一个……”

忽然，他也觉得手里的饭菜不香了。

季小蕾眼睛亮晶晶地看着他：“你是什么秘密，说来听听！”

严飞正要拒绝，就看到季小蕾又捂着耳朵喊：“还是不了，我怕你告诉我之后，我又忍不住跟你分享我的秘密。我答应了人家不说的。”

严飞无奈又好笑地摇摇头："既然答应了人家，那就好好守着。"

他吃完手头的食物，又看了看她面前那碗只吃了几口的米饭："不吃了吗？"

季小蕾兴致缺缺地摇了摇头。

严飞见状，伸手将她那碗米饭扒到自己碗里开始吃起来。

季小蕾连阻止都来不及："你干吗？这是我……刚刚吃过几口的。"

严飞抬眸，一副疑惑的样子："你不是不吃了吗？不要浪费呀。"

季小蕾嘟囔一声，佯装吐槽："你可真够节约的。"

声音却是难得的细细小小，耳后根也爬上了几许绯色。

同一家餐厅的窗口位置，何眉坐在那里看向季小蕾，想起昨晚季小蕾听到姜百思和顾衍的对话之后，第一反应是问她："原来姜姜姐和顾衍之间……那我们老大怎么办？"

何眉心知季小蕾大概被他们俩之间的对话误导，误以为他们之前是恋人关系。

对于顾衍，何眉其实一直是知道的，在姜百思留学的那些年，她在姜百思口中听到最多的便是顾衍的名字。

那是少女时期的姜百思最信任的亲人，最亲密的哥哥。

她虽然并不清楚一年前到底发生了什么事，使得姜百思如此决绝地割裂掉了过往的一切。但她能感觉得到，那或许是姜百思心中最不堪回首的痛苦记忆。

既然姜百思已经决心割裂一切，作为朋友只能尊重并支持她的决定，因此面对季小蕾的误会，她并没有过多地解释什么。况且她也已经答应了会保密，在她的认知里他们究竟是什么关系也就显得并不那么重要了。

“这么出神在想什么？”一道身影落在她面前。

视野中猛然撞入的这张脸一如初见时那般英俊，不，年岁渐长，他已从当年的大男孩长成了一个男人的模样，甚至已经从当初良善可欺的小奶狗变成了如今带着隐约侵略性的豹子，从头至尾，完完全全占据着她审美的制高点。

小豹子带着微微困惑的神情，说道：“我一直在想，到底是我哪里做得不对，让你这样决绝地跟我提分手？”

四目相对，她的眼中倒映着他浅色的瞳仁。

“是我的灵魂不够有趣，还是我的肉体不够有吸引力？

“我翻来覆去地反省了一下，觉得那几次我的肉体表现很不错……”

意识到他即将说出什么来，何眉赶紧捂住了他的嘴。她脸微红，轻声呵斥：“你快给我闭嘴。”

她甚至都能看到隔壁桌吃饭的几个女孩子已经差点要将耳朵竖起来听了。

被捂住嘴的纪庭方眼中又流露出小奶狗一般的可怜神色了。他温热的鼻息喷在何眉的手掌心，像羽毛刷子一样刷在何眉的心尖上，甚至还带了点湿热的触感。何眉反应了一会儿才反应过来，这家伙在借机亲吻她的掌心！

何眉像是被烫到一般缩回了手，然后他就看到对面的人脸上带着得意的神色：“你脸红了，说明你还是对我很有感觉的吧？”

何眉慌乱地站起来，椅子拖动在地面摩擦发出尖锐的响声，她丢下一句“我吃好了”就落荒而逃。

纪庭方眼睛盯着她离开的背影，嘴里则慢条斯理地吃着东西，嘴角勾起一个势在必得的笑。

肩膀忽然被人拍了一下，他转头，是陆予城。

见到陆予城坐下，他敛起神情问：“后天就开展了，嘉宾名单敲定了吗？”

“除平常的合作伙伴外，请到了《艺术观》杂志的副主编，张放。”

“《艺术观》杂志？”

陆予城点了点头，想到纪庭方刚从国外回来，对本城艺术圈的概况不甚了解，解释道：“虽然《艺术观》并不是业内一线的杂志，但这位副主编性格耿直专业性强，在业内倒是颇有口碑。”

还有一点他没有说，那位副主编之所以答应来当开幕式嘉宾，很大程度上是姜百思那篇软文的功劳。

纪庭方说道：“听起来很不错。虽然我们请的这位未必如艺华他们请的咖位大，但是对于我们来说，已经足够了。我们的开幕式一定会很精彩的。”

陆予城的表情却并未放松，他冷笑了一声：“要想顺利开幕，那也得他们的人不来暗中使绊子。”

纪庭方警惕起来：“你觉得刘臣会在那天对付我们？”

陆予城摇了摇头，并未解释。

刘臣倒未必，但是以他对刘臣背后那个人的了解，他知道，那个人肯定不会放过这么好的对付他的机会。

Chapter 06
灰姑娘原来是小公主

他俯下身靠近她，他们四目相对，眼中倒映着彼此的身影

作为新开发的主城区，城东区高楼林立，市内各类文体中心也大多坐落于此。以滨江大桥为界，艺华的艺博会放在江那边的国际展览中心，开幕式放响热闹的礼炮，用作宣传的热气球高高地飞在天空，省级和市级的艺术协会专家和理事出席不少，再加上本城教育界、艺术界多位知名专家出席，各大艺术机构敬赠的大型横幅和花篮呼啦啦摆了一长串。

而跟他们一江之隔的一心美术馆里，相比较起来就显得分外简单和冷清了。

此刻来的观展者三三两两，要么是因为看了《艺术观》发的那篇宣传文章而来，要么是张副主编的忠实粉丝，听说他今天会来这儿当开幕式嘉宾，追随而来。

看着稀稀落落的观展者，姜百思对着何眉叹了口气，苦笑道：“虽然放下狠话说要叫板他们的艺博会，但显然从体量上来说还是比不过啊。愿赌就得服输，是吧，阿眉？”

何眉也跟着叹了口气，这么多日子以来，她亲眼看着姜百思熬夜出方案出细节出劳力，最终结果呈现的那一刻，发现艺华和韩盛他们凭借巨大体量和雄厚资金，拉开的差距并不是用努力和巧思可以轻易追赶得上的，她能够充分理解姜百思的沮丧。

也正是因为理解，所以她更加不知道该如何开解姜百思。

张放还在台上发表他的开幕式致辞，台下聚集的观众却不知道从什么时候开始交头接耳，骚动起来，一个个看着手机，不知道在讨论什么。

“最新快讯！老大、姜姜姐，你们快看微博！”季小蕾从后台跑出来，兴奋地喊道。

姜百思和一旁的陆予城皆是一愣，连忙拿起手机打开微博。

就在五分钟前，戴恩先生发了一条微博，表示离开中国之前，会来出席“牡丹亭外人”的开幕展览。短短时间，这则消息就被各大媒体和营销号疯狂转载。

而在戴恩先生的热搜词条之下，首条热门微博便是在问：“牡丹亭外人”的展览在哪儿？五分钟之后我要这个展览的全部信息。

这条微博底下评论刷得极快。

“姐妹儿，你火了，上热搜了。”

“五分钟快到了，为什么还没人发信息？”

“从戴恩先生微博来的，蹲等链接。”

随后，一条内容为“来了，赞我上去！”，并附带一个链接的回复被快速顶到了热评第一。

姜百思点开链接，那内容赫然就是她发在《艺术观》上的那篇宣传文。

该条热评下回复数量也在持续增加。

“把软文写得这么硬核这么专业，爱了爱了。”

“一心美术馆？那是哪儿？求指路！”

“一看楼上就是没好好看人家的宣传文，备注写得很清楚了，就是原来的好又多超市的地址。”

“把超市改成了展厅？看来不止宣传写得硬核，主办方操作也很硬核！”

“导航告诉我，这个展览就跟东城艺博会隔了一条江！”

“这么近吗？我现在就在东城艺博会上，我马上赶过去，可不能错过能见到戴恩先生的机会。”

“我也刚好就在附近，走起。”

就在他们查看手机的当口，展厅门口传来一阵骚动，人群中有人喊：“戴恩先生来了！”

话音刚落，一位清瘦的英国老人便从门口走了进来，灰白的头发，戴一副金丝眼镜，和一个多月前陆予城见到他时一般无二。

陆予城愣怔了一下，那个时候，这位老人看着陆予城说，要想他答应做开幕展嘉宾，需要以重新见到 Elton 的画为条件。

而当时的自己，拒绝了。

那时候戴恩先生叹了一口气，什么也没说，就让助理送他们离开。

他没想过，戴恩先生今天竟然真的会出现。

他跨步上前，将戴恩先生扶进来。

戴恩先生摆摆手：“我今天不是作为开幕展嘉宾而来，只纯粹是作为普通的观展者而来。”

陆予城笑笑：“那是我们全体人员的无上荣幸。”

此时，闻讯而来的观展者已经在美术馆之外陆续排起了进场长队。

姜百思敛了敛神思，走到陆予城身后轻声道：“你陪戴恩先生进去参观，这边一会儿张放致辞结束下来我还要接应一下。”

说完，她短暂地同戴恩先生点头致意，带着季小蕾匆匆往展厅进口处而去。

因为姜百思长发半掩，戴恩先生只依稀瞥见她的侧脸，及至她离开，他对着她的背影小声地发出了一声疑惑。

陆予城敏锐地察觉到了，问他："姜女士是整个展览的主策展人，怎么了？"

老人脸上带着某种回忆的情绪："总觉得好像在哪儿见过这位女士。"

最终是记忆搜索未果，他摇了摇头："或许是记错了吧。"

陆予城的视线投向讲台边正跟张放聊着什么的倩影，西服套装掐出姣好的身线，长发半垂，正好遮住了脸庞。

一个闪念忽然冒头，之前她明明是扎着利落的高马尾，她是什么时候把头发放下来的？

知道戴恩先生要来之后？

可是，为什么？

"陆？"戴恩先生的声音拉回了他的神思。

他定了定神，带着戴恩先生步入展厅内部。

展览名为"牡丹亭外人"，展览全程将如幻似梦的元素贯穿始终。

绕地游、步步娇、醉扶归、画眉序，姜百思的设计如此巧妙，在每一个环节都将沈阔和纪庭方的画作元素抽出来融入这些装置中，呈现出惊梦一般的奇幻感。戴恩先生这个彻头彻尾的中国迷，整场展览看下来一路赞不绝口。

在二楼看到《诗经》系列画时，戴恩先生眼睛发亮："竟然将《诗经》画了出来，如此诗意，如此韵味。

杜丽娘以《诗经》入情思，《关雎》作为《诗经》开言第一篇，这《诗经》画意展与“牡丹亭外人”的主题完美契合。

戴恩先生一眼看中了《关雎》这幅画，并当场令助理买下来。

陆予城连忙道：“戴恩先生喜欢这幅画，我就送给您。”

戴恩先生摇摇手，眼神似是责备他不懂事。

一旁的助理开口：“陆先生的好意我们心领了，但是观展者来看画展，哪有让您送的道理。”

陆予城很快反应过来，戴恩先生这是在帮他。除去公益博物馆之外，历来商业画廊开画展，除了承担一部分艺术宣传和艺术教育之外，最终的落脚点是卖画，这也是大多数商业美术馆和画廊维持生命周期的根本逻辑。就好比东城艺博会，邀请那么多业内大佬站台，营造出那么大的声势，最终的目的，还是落在卖画上。

想清楚这一点，陆予城没再推托。于是，《关雎》成为本场展览开展之后出售的第一幅画。

《关雎》画作旁，也很快被贴上了“已售”的标志。

戴恩先生走后，随后而来的观展者见到被贴了已售标签的《关雎》，纷纷下单购买同系列的其他画作，喜欢沈阔的画风是一方面，更多的方面是想着跟着艺术泰斗的眼光保准没错。

一个上午，就卖出了十二幅画。

季小蕾走合同走得不亦乐乎：“艺华还不让我们进他们的展位，现在我们自己卖，比他那边办得乱七八糟的艺博会要好多了！听说我们这边好多人是从他们那边展览现场跑过来的，嘻嘻，还不把他们气死！”

姜百思在一旁刚好听到了，心里笑她孩子气。不过……韩清如此刻的心情会是什么样呢？她不免想得出了神。

“Bertha ？ oh，Miss Bertha ！ ”突然一个大嗓门穿越重重的人群，奔到了姜百思身前。

来人金发碧眼，是位货真价实的外国友人。看着他望着自己热络的模样，姜百思在记忆中搜寻了一圈，并不记得这张脸。

随后，这位大嗓门继续喊道：“I'm so excited to see you here!Do you remember me?We met in Edinburgh.Is Mr.Daniel all right?Please say hello to your teacher for me.”（在这里见到你真是太高兴了！你还记得我吗？我们在爱丁堡见过。丹尼尔先生还好吗？请代我向你的老师问好。）

姜百思起初还有些迷茫，直到他说出 Daniel 的名字时，她的瞳仁微缩，再想让他闭嘴已经来不及。

而另外一头，原本陆予城看到一个陌生男人冲到姜百思面前握住她的手时，下意识地想冲过去护在她身前。

然而现在，看起来不必。

他意味深长地看着他们的姜主管像只受了惊的小松鼠，在那儿紧张地试图让那人相信他认错了人。

而那人对自己的记忆很有信心，一迭声喊着没有认错，反而不停地拉出 Daniel 的名字来试图唤醒面前这个貌似记忆不佳的女人。

记忆中某个疑惑的点突然解开，陆予城低头轻轻笑了一声，原来他们姜主管的秘密在这儿呢，怪不得当初让她一起去找戴恩先生她故意找借口推辞了。

正当他想通这个关窍的时候，陆予城的手机铃声响起，来电显示是刚刚离开不久的戴恩先生。

这位英国老绅士临登机前终于想起来刚刚与姜百思打个照面的莫名熟悉感来源于何处，忙不迭给陆予城打来了电话。

“陆，我记起来了！我见过那位姜女士。她非常优秀，大二的时候就进了爱丁堡最好的美术馆实习。年纪小小就参与策划过大型展览，她的导师 Daniel 先生还有意将她推荐去泰特美术馆工作。唔……我记得她的英文名叫……”他停了下来，似是在努力回忆。

陆予城薄唇轻启，在齿间绕一圈吐出那个名字：“Bertha.”

电话那头的老人一拍脑门。

“啊，对！是这个！”老人笑一笑，“你眼光很好，捡到宝贝了。找了她当你的帮手，难怪这场展览品质这么高。”

陆予城自我嘲讽一般轻声呢喃：“不，应该说我是有眼无珠、一叶障目才对。”

戴恩先生这位英国老绅士，对这文绉绉的中国成语显然难以全然意会，问道：“这是什么意思？”

陆予城垂下眼眸，轻扯起一个笑容：“没什么，您说得对，我的确是捡到宝了。”

来观展的人多少都对艺术圈有所涉猎，听到 Daniel 先生的大名自然是震惊万分，姜百思听到已经有人在窃窃私语地讨论开了。

“Daniel 先生？莫非就是那个主持策划过无数国际性大型展览的欧洲艺术圈大佬，Daniel Burg？”

“那人提到了爱丁堡，那估计是了，Daniel 先生恰好就曾担任过爱丁堡大学的客座教授……”

人群中的讨论声越来越响，季小蕾震惊得眼睛瞪得溜圆：“天哪！姜姜姐竟然是 Daniel 先生的学生？简直太不可思议了！”

歪着头想了半天，她忽然拍了拍脑门：“啊，是了！我们一直都没有问过姜姜姐和何眉姐是什么时候的朋友？何眉姐从英国回来，那么反推一下，你们或许就是在留学时认识的？”说完，她视线瞟向何眉，眼神里带着求证的意味。

何眉没想到姜百思会在这种场合下被认出来，她完全没有心理准备，因此面对季小蕾的疑问，她只能僵硬地笑了笑。

那位大嗓门的外国友人在姜百思虚弱无力的徒劳否认中，试图拉着她叙旧，甚至差点要当场让她帮忙联系一下 Daniel 先生。

“哦？原来是 Bertha 小姐啊。”人群中突然传来一道娇媚的女声，待看清来人，姜百思眉心微跳。

说话的人正是多日未见的秦斯颖。

看着她的样子，姜百思只觉来者不善。

果然，下一秒，秦斯颖拿出一本展览手册，姜百思在看到的瞬间瞳孔剧烈收缩。

“相信在这儿的大家或多或少应该都知道，一年前爱丁堡最好的艺术馆曾举办过一场当代艺术巡回展。”

说起这场展览，人群有了回应。这场巡回展成为当年英国最卖座的展览之一，原本听说还有来中国展出的计划，不知为何，后来不了了之。

“那个展览的主策展人，就是 Bertha 小姐！而获得巨大成功的这场策展方案，却是彻头彻尾的抄袭之作！抄袭的还是自己的妹妹！”

秦斯颖脸上带着笑，眼底却净是阴冷的寒冰，那些寒冰化为利剑射向姜百思。

“你胡说！”何眉大声呵斥，“姜姜她根本没有妹妹！”

“亲妹妹自然是没有，但是收养她的人有一位女儿。不信你大可以问问这位 Bertha 小姐，Daniel 先生的爱徒，有着光明前途的艺术圈新星，当年为何会突然被学校开除？”

“那是因为……”何眉语塞。

该死，那段时间她正忙着跟上一任男友闹分手，躲到伦敦去了，姜百思究竟发生了什么她根本不知道。

姜百思变成了焦点，只觉得耳边嗡嗡作响。

“原来这位姜小姐是被人收养的。”

“抄袭自己养父母亲生女儿的作品，那更加过分吧？”

“爱丁堡大学作为一流学府，学费位列英国大学 Top10。如果不是她的养父母，她也很难能得到那么好的教育机会吧？”

那种熟悉的窒息感再一次袭来，姜百思似乎听到有个恶魔一般的声音在脑海回响。那个声音在嘲笑她，就算她再怎么逃离，再怎么躲避，她身上所有因为韩家而烙下的印记永远都洗不脱，撕不掉。

忽然，一双手搭上了她的肩头。

“I'm sorry.You got the wrong guy.This is my girlfriend.”(不好意思。你认错人了，她是我的女朋友。）陆予城揽着她的肩，淡笑着和那位冒失的英国男子说道。

陆予城的声音带着金石一般的质感，低沉而有力，有一种与生俱来让人不得不相信的魔力。

那位外国友人看了看姜百思，又看了看陆予城，迷惑地挠了挠头，陷入了自我怀疑。

陆予城提高了音量，像是说给他听，更像是说给在场的观众听："是的，所以你认错人了。"

"陆予城，你别想着包庇她！"秦斯颖喊道。

陆予城似乎是刚刚看到她一般，揽着姜百思转到她面前："秦小姐，你因为记恨我跟你分手而把账算到姜姜头上，有点不上道吧？"

他轻飘飘一句话，将秦斯颖的动机转到了因妒生恨泄私愤，方才她说的话可信度顿时减了三分。

秦斯颖看着众人一副原来如此的了然模样，捏紧了手指，指腹泛白："陆总为了维护佳人，也不用编这种谎话。我怎么记得，这位姜小姐亲口跟我承认过她不是你的女朋友？"

"秦小姐，同为女人，你难道不知道女人在闹脾气时说的话都是反话吗？有件事情，我得向你坦白，在遇到你之前，我们就是恋人了，后来因为一点小事闹了分手，我一生气就拿你当了故意气她的工具，说起来我们能重修旧好，还得要谢谢你。"

"陆予城，你……"秦斯颖气急。

陆予城却不给她喘息的机会，锐利的目光看着她："不过，我倒是很好奇，我记得秦小姐你是完全没有任何英国旅居史的，不知道你是从哪儿得来的这种二手消息，装得跟圈内人似的就在我的开幕展上大放厥词？"

他这话说得挺重，秦斯颖被气得脸青一阵白一阵。

"她没有资格质疑？那么我呢？"人群后面，一道女声响起。

众人齐刷刷地向身后看去，只见一道倩影正好隐没在光影之下。

伴随着高跟鞋叩响地板的声音，韩清如缓缓走出。

看到韩清如的一瞬，姜百思的手收紧，用力到轻轻发颤。

韩清如的视线望向姜百思，嘴角含笑，声音温柔："姐姐，真是好久不见呢。"

姐姐？

听到这一声称呼，四周的人群齐齐倒吸了一口凉气。

收养姜百思的，竟然就是韩家？

韩清如手上捏着一个文件袋，脸上依旧带着微微的笑意，但姜百思知道，这样的笑意之下掩藏着怎样疯狂的恨意。

她慢慢地打开文件袋，拿出里面的东西："既然姐姐不承认自己就是 Bertha，那我这儿这张照片不知道姐姐还记得吗？"

姜百思看过去，看到了照片里两年前的自己和导师在爱丁堡苏格兰国立美术馆合作策展的开幕式上的合影。

姜百思闭了闭眼，听见周围议论声又响起：

"原来她真的就是 Bertha！"

"刚才忙着否认，我看当年抄袭的事情十有八九是真的！"

陆予城看着姜百思几乎没了血色的脸，皱眉冲着韩清如低吼了一声："你闹够了吗？"

"连你也要帮着她吗？"韩清如却像是不可置信，看着陆予城，喊道，"表哥。"

就在众人对于她话中的"也"字表示不解时，韩清如喊出的称呼再一次令在场的人惊到深吸了一口气。

表哥？韩老先生的外孙？

季小蕾惊得差点咬到了舌头，知道姜百思是韩家的养女这件事已经够劲爆了，没想到老大竟然是本城艺术行业龙头韩盛掌权人唯一的外孙！

听说韩老先生的外孙跟韩家关系并不亲近，长年养在国外，即便是逢年过节亦很少回来，大多是老先生亲自飞去英国陪外孙过年。

她万万没想到，小小的Y.U画廊，不仅主管背景复杂，老板的来头更大！

论起亲疏，韩清如与陆予城有血缘关系，而姜百思，只是被韩家驱逐的弃女，因此看到陆予城一而再再而三出面维护姜百思，韩清如脸上的神色并不好看。

“这么多年你一直在伦敦，几乎没有回来过，也从来没有见过她，这个女人的心机你怕是想也想不到。”

“她怎么样，是我的事。我希望你适可而止，不要肆意欺辱我的人。”陆予城脸上满是不耐烦，他看了韩清如一眼，接着说，“而且就在刚才，戴恩先生告诉我，姜百思当年从爱丁堡大学离开，并不是因为被学校开除，而是她自己决定要肄业。当时学院并没有完全采信她抄袭的指控，并且在某种程度上来说种种证据于她是有利的，是她主动叫停了学院的调查。”

“你什么意思？”

“意思再明显不过，你有你的一面之词，我也有我的判断。”陆予城的话语毫不客气，言下之意竟是暗指她冤枉诬陷姜百思。

韩清如没想到陆予城竟然执意要维护姜百思到底，她看着姜百思，眼中闪过一丝狠戾。她勾了一下嘴角，举起手中的文件袋：“我这里还有一份文件，是当年我向英国法庭提交的抄袭诉讼的判决书，姐姐还记得吗？”

听到韩清如说这话，姜百思凝滞的神色闪过一丝慌乱。

韩清如只觉得快慰，她扬了扬手中的文件，要宣扬一件战利品：“不过最后因为你向我致了歉，我们达成庭外和解。你毕竟是我姐姐，我不忍心逼你太狠，所以我就撤回了诉讼。要是姐姐还记不得的话，需不需要我拿出你当时亲手写的悔过书来……”

韩清如的话没能说完，有个身影冲了过来，按住了她的手。

随着身影而来的，是低到几近哀求的一句：“你别闹了，跟我回去。”

姜百思抬眸，看到的是顾衍低垂的眸。

而韩清如显然被顾衍这时的出现激怒了，她重重地甩开了顾衍按住她的手：“你也要帮着她是不是？”

顾衍的眉眼间满是忍耐：“你答应过我，不会再提那件事。”

韩清如忽然提高声音：“那你也答应过我，你不会再想着她！我早该知道，这么多年，你没有一天忘得了她！即使她被我赶去了英国，你也还是一直想着她！即使她离开了韩家，你同样也还是想着她！”

韩清如的手指着顾衍，又指了指陆予城：“你们，一个两个，要被她蛊惑到什么时候？”

说完，她像是突然想到什么，略带嘲讽地看向陆予城：“你以为她是真心实意帮你打理这个画廊？你醒醒吧！这个女人就是只喂不熟的白眼狼，她其实早就知道你是谁。我有多恨她，她就有多恨韩家。而借你的手来打击韩家，那是再好不过的手段……”

韩清如的话从头至尾骂得难听，姜百思从头至尾没有反击，听到韩清如说这话，她始终无波无澜的脸上终于涌现半分情绪。

陆予城却是满不在乎地嗤笑了一声："她怎么样，是我的事。我说过了，你有你的一面之词，我有我的判断。"

韩清如没想到陆予城连这种事情也不计较，她走到姜百思身前，嘲讽地看着姜百思："姜念容当年抄袭我母亲，你后来又抄袭我。姜百思，有时候我真的不得不佩服你，虽说你不是姜念容亲生，但完全不妨碍你得姜念容真传，连在勾男人这件事上，都承袭了百分百的衣钵。"

伴随着她话音而落的，是一道清脆的巴掌声。

韩清如捂着脸，不可置信地看着姜百思。

姜百思冷冷地说："你再胡言乱语侮辱我母亲，我不会对你客气。"

韩清如扬起手，重重地甩了回去，却没想到，一道身影挡在了姜百思面前，她的巴掌，重重地落在了顾衍的脸上。

她用了十足的力气，顾衍脸上甚至隐现了血丝。

顾衍的神色似乎已经无限疲惫。

"闹够了，就跟我回去，算我求你了。"

韩清如看着顾衍脸上的伤，手指微微发着抖，浑身的力气像是都被卸去。

顾衍见状，上前扶住她，轻声说道："我知道，你不是故意的，我们走，好吗？"

韩清如的眼泪却在此时滑落了下来。

姜百思从没见过韩清如在她面前哭。韩清如从小就是韩家最尊贵的公主，她想要什么，自然是娇蛮地去抢，她从来不必委屈自己。

可是面对顾衍，她却永远觉得无力，即便她强制让他待在她身边，她依然觉得他离她如山如海一般遥远。他也永远像山像海一般沉默，沉默地容忍她的一切。

“你告诉我，我究竟该怎么做，你才可以看到我，一直只属于我？”

韩清如的漂亮一向是明媚热烈的，她承袭了顾景兰的美貌，同时也承袭了顾景兰的仇恨。此刻她漂亮的脸上爬满泪痕，那是姜百思从来没有见过的灰心和迷茫。

顾衍脸上的伤痕明显，他像过去无数次一样包容了她的坏脾气，像是包容刁蛮的小妹妹。他轻轻地拍了拍她的头，对着她温柔地笑笑：“傻瓜，我一直看得到你啊。”

“可是，你却不只属于我。”她像是个迷路的小姑娘一般困惑迷茫，“你告诉我该怎么办？我已经这样用力，用尽了半生的力气，却还是做不到……”

“那就试着不要那么用力。”他认真地看着她，“我们先走，好不好？”

韩清如不知道在想些什么，也或许是真的已经没有力气再闹下去了，沉默地任他扶着离开。

眼见韩清如已经被带走，余下秦斯颖走也不是，留也不是。

就在她打算跟着离开的时候，听到了身后陆予城寒冷似冰的声音：“我们之前所谓的恋情究竟怎么回事，你应该比谁都清楚。现在算是两清了。从今以后，我不想再见到你，否则不要怪我不客气。”

这是警告。

直到这个时候，秦斯颖才不得不承认，他是真的从来没有对她动过心。

她是从小地方来的，从小过惯了苦日子的她发誓一定要出人头地。然而一个毫无背景和根基的小模特在这茫茫的城市里根本毫无立足之地。直到半年前她无意间从韩清如的口中知道了这位韩家唯一的外孙。她从小就很聪明，很快就成功地与他“偶遇”。初见时他一瞬间的怔忪让她以为，她或许是不同的。

她对自己的容貌向来自信得很，她自信地认为，陆予城这个看起来吊儿郎当的富家子弟始终没有被自己拿下，是因为她还不够卖力。她频繁地出入他的画廊，甚至以他女朋友自居，他竟然也没有做任何解释。

直到某天晚上她的臂膀攀上他的肩时，他止住了她的动作。他看着她，又露出了那种出神的表情，然后她听到他说：“以后不要来找我了，我会给你足够的补偿和资源。”

她妩媚的笑容僵硬下来，想不通到底是哪里出了问题。

“是我哪里做得不够好吗？”

“不，是我的问题。”他有些怅然地摇了摇头，然后他问了她一个很奇怪的问题，“你相信人是会有审美偏好的吗？就像……我可能会因为别人像你而多看她一眼……”

这话仿佛是在夸她美貌，但又不完全是。

她被搞糊涂了，如果是因为自己长得符合他的审美标准，那为何他始终能够保持坐怀不乱？

直到……直到她在之后的某天，见到了据说是刚刚出差回来的姜百思……

她几乎是在一瞬间明白了他那句话的意思，根本不是别人长得像她，而是她长得像那个别人。

嫉妒和怨恨一瞬间在她心间如蒿草疯长。

而现在，她看着他寒冰一样冷冽的神情，心中那一丛又一丛的蒿草如被终年积雪的寒冬覆盖，被抽去了生长的生命力。

季小蕾和何眉送走了最后一批观展者之后，展厅的大门终于关闭了起来。

“还不知道明天会怎么样呢。”季小蕾叹气道。

下午发生的这一场闹剧，视频已经被好事之人传到了网上。

“原来这位姜姓策展师还涉嫌创意抄袭，真是太败好感了。”

“姜念容又是谁，感觉信息量好大。”

“管她是谁，看来又是一帮无下限炒作的。”

“怎么回事？现在连搞个展览都要这么没有下限地炒作了吗？”

季小蕾看不得别人这么埋汰姜百思，披了个小号恨不得和别人唇枪舌剑八百回，结果被人以一句“水军”骂了回来。

“这帮不知道情况就胡乱诽谤的草履虫，真是气死我了！”季小蕾气到跳脚。

何眉对她做了一个“嘘”声的动作：“别说了，小心姜姜听到。”

季小蕾噤了声，点点头表示明白，随后看了一圈四周：“咦，姜姜姐呢？”

镜子迷宫弯弯绕绕，当观展者进入通道时，多重镜像令人分不清哪个是通道，哪个是镜面。

姜百思抱着腿，蜷缩在角落，将头深深地埋进膝盖里。

“啧啧，我一直以为我捡到的是个灰姑娘，没想到，竟然是落难的小公主。”陆予城的声音忽然响起。

姜百思猝然抬头，看到的是陆予城斜斜倚靠在镜面的慵懒身影。

她别开了头，声音发闷：“我跟韩家已经没有任何关系了。”

“你竟然就是我那个名义上的舅舅收养的女儿，你不觉得你欠我一个交代吗，表妹？”他嘴角轻扯，露出一个恶劣的笑，故意加重了最后两个字的发音。

姜百思被他那语气激得红了红脸：“那是因为你一直在伦敦，很少回来，纵然有限回来的几次，韩家的人估计也是并不屑在你面前提到我的。”

陆予城想了想，其实是有人在他面前提过的。

有一回圣诞节韩家一大家子都飞来伦敦跟他一起过，他无意间听到韩清如在跟顾衍吵，韩清如质问顾衍闷闷不乐是不是因为她临行前不同意带那个拖油瓶一起来伦敦。那时候，他隐约知道，原来韩令远收养了一个朋友的女儿。只是他没想到，原来姜百思就是那个人。

姜百思顿了顿，重新开口：“我会尽快离开画廊的。”

陆予城却像是笑了：“你为什么要离开？”

命运有时候，真的很神奇。该遇见的人，一定会遇见。所以，傻子才会放手。

姜百思咬了咬唇，沉默了十几秒，像是下定某种决心一般，抬头注视着他："韩清如说得对，我的确就是一早就知道了你的身份，待在你的身边，帮你策划一切，只是想借你的手对付韩家。"

陆予城懒懒地托着腮，一副认真思考的模样："那我就很好奇了，你所指的早就知道，是有多早？"

"三年前，在韩令远的书房。你和他大吵了一架，从他的书房摔门而去。"

陆予城微微一愣，这个答案确实是他没想过的。

"那你别告诉我一年前你是故意倒在我车前的？那我可真太佩服你了。"

姜百思看着他似笑非笑的表情，自嘲地摇了摇头："那我的确没有这个本事。只不过，在你救了我之后，我几乎立刻认出了你。我向你隐瞒了我的身份，在你提出让我留在画廊工作的时候，这个计划就在我心中生成了。韩清如至少有一句话说得没错，我就是一只喂不熟的白眼狼。韩家收养了我，给了我一切，我没有感恩戴德反而恩将仇报。你救了我，收留了我，我反而一直在骗你。"

"那就从现在开始跟我说真话。"

姜百思一时没有反应过来："什么？"

陆予城深深地看着她，语气带着蛊惑一般循循善诱："那就将你没跟我讲的真话，从现在开始都讲清楚。"

姜百思愣了一下。

陆予城作势板着一张脸："坦白从宽，自首，是可以轻判的。"

姜百思就这样仰头认真地看着他。她原本以为他知道真相会气愤、会憎恶，可是没有，他甚至还有心情跟她开玩笑，脸上也依旧是那种似笑非笑的慵懒神情。

姜百思将下巴搭在膝盖上，陷入了回忆。

“十二岁之前，我是在茫茫的敦煌戈壁上长大的。我的母亲，是石窟壁画的修复师，我很小的时候听人在背地里说，她是因为画作抄袭被行业唾弃自我放逐来到戈壁滩的。我跟着她，流浪一般，足迹遍布新疆、西藏、青海、宁夏、甘肃的石窟。直到有一日，她生病了，生了很重的病。她告诉我，她要将我送到她曾经爱过的人那里去。她说，我们思思啊，终于可以结束流浪的生活了。

“可是，我没有告诉她，其实我并不觉得漂泊，因为有她在，我的心是安定的。她过世之后，我被韩令远接到了韩家，成了韩家的女儿。韩令远从前选择了能稳固他地位的联姻而放弃了我母亲，不知道是不是因为愧疚，韩令远对我很好，甚至比对他亲生女儿韩家真正的公主还要好。我甚至有时候偷偷想，他会不会就是我的父亲。但毕竟韩家的事是现在的韩夫人顾景兰在做主，我知道她不喜欢我，韩家的人其实都不喜欢我，除了……”

她恍惚间停顿了一下，陆予城知道她想到了谁。他刻意略过了心头的不爽，问道：“然后呢？”

“十六岁生日那天，我听到了韩令远和顾景兰吵架，我才知道，原来我一直在自作多情，我根本不是韩令远的女儿，我甚至不是我母亲的亲生女儿，只是她收留的一个被丢弃在戈壁上的孤儿。好笑吧？原来我生下来就注定了漂泊和流浪。”姜百思扯了一个极苦涩的笑容，“你知道吗？顾景兰之所以会瘫痪坐轮椅，是因为她发现韩令远始终没忘了我母亲，她情绪失控之下驾车跑了出去，出了车祸。所以顾景兰恨我，任何和我母亲有关的人和事她都深恶痛绝。我努力长大，独自踏上去异国留学的航班。我打很多份工，拼命地学习拿奖学金，仿佛我只要依靠韩家少一点，我就能多一点自尊。直到一年前，我被韩清如指控抄袭了她的策展概念。我回家跟她对质的时候，她告诉我，要么我认下这个抄袭的名头，要么是我母亲身上的污名永远无法洗清。”

她还记得自己当时的震惊。

韩清如看着她，脸上满是快慰的恨意：“你还不知道吧？你那个贱人母亲也是被冤枉的。是因为她，我妈才会出事的，只是让她声名狼藉远走他乡，已经很便宜她了！”

……

“韩令远当时明明知道真相，但是为了不失去顾景兰娘家的商业支持，他选择牺牲我母亲。男人有时候真的很可怕，他嘴上说着爱你，可是遇到危机的时候，他第一个想的就是推你当他争名逐利的替死鬼。”姜百思嘲讽地说道。

陆予城心疼地看着她：“所以，你选择了自己承担下抄袭的罪名？”

“这样至少，我母亲身上背负的污名可以洗去。虽然她不是我的亲生母亲，但是她令我重生。

“那一夜之后，我就跟韩家没有任何关系了。”

韩清如说，这么多年，你身上哪一点不是韩家给你的，连你那高贵的学历和专业经历，也是因为依靠韩家。

所以，她决绝地放弃了一切，把自己彻底地跟从前割裂。

“我发誓不会跟韩家任何一个人扯上关系，却没想到就在同一天，救我的人，恰恰也是韩家的。不过现在这样也好，我再也不必欠韩家任何一个人的了。”姜百思扯起一个模糊的笑。

“可我也向你隐瞒了。”陆予城突然说道。

“什么？”姜百思一时没听清，仰头看着他。

“我也向你隐瞒了我跟韩家的关系，不管你是不是早就知道，从主观上来说，我也算是蓄意隐瞒。”他低头看着她，“所以，我们这算是两清了，你也不必觉得亏欠我，更不必离开。”

姜百思一瞬间疑心自己听错，这是什么逻辑推理？

过了好一会儿，她自我解嘲一般摇了摇头：“可我已经没有办法再在这儿待下去，我还有我的仇恨……”

“既然你听到过我和韩令远吵架，那你知道我们在吵什么吗？”陆予城打断了她。

姜百思摇了摇头。

陆予城轻扯起一个苦笑：“我给你讲个故事吧。从前有个小男孩，他的父亲是个穷画家，他的母亲不顾家人反对，毅然跟着穷画家远走异国。他们非常恩爱，穷画家的画作灵感来源全部是他的妻子。一个寂寂无名的画家想要出名，不仅看实力，更是看运气。穷画家画得很好，但是直到他和他的妻子车祸去世，他都没有得到出名的机会。可是没关系，世人不欣赏他的画没关系，小男孩非常喜欢父亲的画，从小以父亲为学习目标。

“也许是命运给了小男孩好运气，一个偶然的机会，他遇到了一个伯乐，他的画很快被世人看见，并且很快小有名气。可是有一天，小男孩发现了父亲留下的遗物里有一封信，那封信年代久远，是很久以前，一个人向他发出的指令，让他去接近一个大家闺秀。

“小男孩这才知道，原来他所认为的父母的相爱故事，从头到尾只不过是一个骗局。而那个制造这一骗局的始作俑者，就是他名义上的舅舅，外公的养子。当年他舅舅不满他外公偏爱他母亲，为了争权，策划了这一切让他们父女决裂。并且，小男孩调查发现，他的舅舅，极有可能和他父母的车祸有关。”

他母亲当年与父亲私奔，他外公韩礼章一直生着气，是有了他这个孙子以后他们的关系才稍微好转，却没想到的是，他们夫妻俩在回国的途中遭遇车祸去世了。

“所以，姜百思，你明白了吗？我们是一样的。韩清如要对付你，而韩令远，则一直想要对付我。”

“他为什么要对付你？”

陆予城苦笑了一下：“那就跟他当初为什么找……那个男人接近我母亲同样的目的。当年他怕我外公将韩家产业交给我的母亲，现在他怕我回来夺了他的。他那个人，手段高明得很，善于借刀杀人。你以为我们画廊遭受的种种刁难皆是因你而起？不，韩清如只是他刻意放纵的一颗棋子罢了。在他眼中，亲生女儿不过如此。所以，他那样对你和你母亲，似乎也并不是无法理解。”

姜百思神情微恸，是啊，韩令远那样的人，权衡利弊之后，一切皆可牺牲。从前是她的母亲，后来是她，现在是他自己的亲生女儿……

陆予城俯下身靠近她，他们四目相对，眼中倒映着彼此的身影，她听到他低沉的声音在这空间里回响：“所以，姜百思，留下来，借你我的手，我们结盟，对付韩令远。”

姜百思的瞳孔微缩，无限震惊：“结盟？”

“对，结盟，互惠互利，共同对外。”

这样具有诱惑的条件，甚至连她的心理负担都在不知不觉间卸下，她觉得自己似乎没有理由可以拒绝。

“我数到十，你不回答，我就当你答应了。一……二……三……”

姜百思的心里很乱，在韩清如揭穿她的那一刻，她觉得自己完了，依照陆予城的性格，一定会恨她的。可是她没想到，他竟然会提出这样一个提议。

“四、十！时间到！”

突然加速的节奏让姜百思一愣：“你这数得不对！”

陆予城勾唇一笑：“我又没说过我会按照顺序数。”

四周的镜面倒映着他的身躯，她依旧是蹲坐在地上的姿势，而他则是半弯着腰，在她的身旁无形中形成一个包围圈，她窄窄的视野中，眼前之人靠她靠得极近。

然后，她听到那人近乎呢喃的声音：“既然是结盟，总该要盖个章吧？”

姜百思脑子里一时没反应过来他说的话是什么意思，她疑惑地仰头。

然后，姜百思就看到视野之中的这张脸逐渐放大，下一秒唇上碰触到两片温柔的嘴唇。

姜百思震惊的眼倏然瞪大，四周都是镜面，他弯腰低头吻住她的画面通过不断的反射与折射，形成无数的影像清晰地映入她的瞳孔里。

这画面的冲击力实在太大，姜百思重重地推开了眼前的人。

脸上的红霞一路蜿蜒到了脖子根，她重重擦着嘴唇，怒目而视：“你干吗？”

陆予城被推得往后仰去，脸上却未见半分愧疚，反而挑了挑眉，满是理所当然：“只是盖章结个契而已。”

姜百思被他这番言论堵得发作不得，半天说不出话来：“你……”

古往今来，恐怕没有一个人像她这样，三百六十度无死角地观摩了自己被吻住的画面，姜百思觉得自己简直羞愤欲死——自己当初到底是为什么要设计这个镜子迷宫的环节？

幸好季小蕾及时拯救了尴尬到差点窒息的她。

“姜姜姐，你在哪儿？”

姜百思瞪了陆予城一眼，几乎是跑着出去的：“我在这儿！”

陆予城优哉游哉地倚靠在镜面上，听到外面季小蕾在问：“姜姜姐你脸怎么那么红，感冒还没好吗？”

他们那仿佛做了亏心事的姜主管结巴得差点要咬掉舌头：“没……没有啊，我……我没事。”

他想着刚刚他吻住她时她呆愣的表情，不由得失笑了。

姜百思刚出去还没缓一口气，就听到展厅大门被砸得砰砰响的声音。

“这么晚了，是谁啊？”季小蕾疑惑地过去开门，就见到一头亮眼的小黄毛蹿了进来。

“哎，你是谁？现在是闭馆时间，要看展明天来吧。”季小蕾拦住了他。

对方满脸不屑地推开了她，大摇大摆地进来：“叫你们老板和主管出来！”

姜百思定睛一看，认出了小黄毛——沈阔那个不争气的儿子，沈执。

看样子对方来者不善，姜百思下意识地紧绷了神经："有什么事？"

沈执痞里痞气地嚼着口香糖："这里展出的是我爸的画，我来参观参观不行吗？"

严飞重申了一遍："要参观请明天白天再来。"

小黄毛没理他，径自上了二楼展厅。

他指了指那两幅差点被他廉价卖掉的《关雎》和《卷耳》，现在那上面都贴着"已售"的标签，问姜百思："卖了多少钱啊？"

姜百思看了看他，报了两个数字。

他听完后，咂了一下嘴："卖得还挺贵。"

"那还得谢谢你当初没把这些都糟践掉。"陆予城略带嘲讽的话语在背后响起。

"也谢谢你们当初把这画买回来，没让我继续糟蹋。"沈执忽然说道。

陆予城和姜百思都微感讶异，他竟然能说出这样的话来。

"怎么的？改邪归正了？"陆予城轻笑。

沈执看了陆予城一眼，又转头对姜百思说："姜主管，对不住了啊。"

姜百思还没明白他说的是什么意思，就见他从怀里掏出两瓶不明液体来。陆予城第一反应是上前护住姜百思，却还是没来得及阻挡住，黑色的液体便泼洒到她身上。趁着陆予城查看姜百思身体的空当，小黄毛调转了方向，将黑色的液体泼洒在了墙面上，也泼洒在了挂在墙上的展画上。

随后赶来的严飞和老吴制住了沈执。

看着被墨汁涂污的墙壁和画作，姜百思眼睛发红，浑身像是突然被抽去了力气，失去了支撑的力量。

这是她辛苦那么久的成果啊！

“今天我就替你父亲好好教训你！”陆予城眼中似有风暴集聚，杀气腾腾地向沈执冲过去。

谁知，身后突然响起一个声音：“不要！”

陆予城的拳头及时收住，只见沈夫人踉跄着跑过来护在沈执身前。

“我知道他这回犯了大错了，可是求你们放过他吧，他也是没办法。这孩子欠了高利贷，对方提出让他来破坏你们这个展览，否则不会放过他。”沈夫人面容憔悴，脸上满是愧疚，“是我没有教好这个孩子，是我的错。”

沈执却狠狠地推开了她，喊道：“你这个女人，少在这儿假惺惺！我不会领你的情的！”

“沈阔他近来身体很不好，请陆先生和姜小姐高抬贵手，饶了他这一回。”沈夫人被推了个踉跄，仍然不忘为沈执求情。

陆予城收回了拳头，声音阴恻恻：“沈夫人，你知不知道，有些人，不受一些惩戒，永远学不会反思。”

“陆予城，你能拿我怎么样？”

陆予城冷冷地转身，似乎连多看一眼也厌恶，吩咐严飞：“报警。计算一下损毁的画作，超过五千块是可以立案的。”

“陆予城，你浑蛋！”

陆予城掏了掏耳朵，示意老吴将这家伙押下去。

随后，他看着沈夫人，似笑非笑：“沈夫人若是想真心阻止，应该早来一步。”

闻言，沈夫人的脸色更显苍白：“你是什么意思？”

姜百思摸着被墨汁溅污的画，喑哑开口：“意思是，沈夫人权衡利弊，觉得破坏画展比把他交给高利贷那些人风险低得多。毕竟我们再生气，也不会伤害他。只是看他的态度，似乎并不领你的情。”

沈夫人苍白地一笑：“这孩子心思单纯，他并不知道我早就知道。他自小没了妈，纵然他再憎恶我，我也不能不为他打算。”

她抬起脸，满是愧疚：“姜小姐，是我们恩将仇报，你要怪就怪我吧。”

姜百思闭了闭眼，还能说什么呢？这对继母子一个愿打一个愿挨，最后买单的是他们的画廊，这场画展所有的心血付诸东流。

季小蕾看着姜百思一副无限疲惫的样子，示意沈夫人先离开。

沈夫人走后，姜百思的头发上还沾着溅到的墨汁，她无暇顾及，只是用手慢慢抚摩脏污不堪的墙壁和画。

“陆予城，我们做了那么多，到最后，原来还是不行。”

撑了那么久的身体仿佛突然被掏空了力气，一阵眩晕袭来，她扶着墙，稳住身体。

他头一次看到她这样灰心丧气的样子。

一只宽大手掌覆上她额头，陆予城探了探她的温度，舒了一口气：“还好，温度没有高回来。”

她并没有说什么，等那阵眩晕过去，她转身，准备下楼找工具。尽管身体已经十分疲惫，但脑子不敢停下善后的盘算，被弄脏的墙壁晚上赶工能修补回来，至于被污损的画……就找纪庭方的临时替补上去吧。只不过，这些画都经过筛选，临时替补的会破坏整个主题的连续性。唯一庆幸的是，主打作品《周南》十一篇并没有被墨汁溅到。

陆予城拉住了她，仿佛知道她要干什么，似笑非笑："这儿我来想办法，你先去收拾一下。"

姜百思看着他，其实他的衬衣也沾上了液体，但由于是暗色系的，倒是看不出来。他简单地擦了擦脸，身上看不出任何狼狈，倒是她自己，活脱脱像是刚从泥浆中滚出来。

"被弄污的画撤下来，初步估计能够腾出一整面空白墙面，要想办法填补这个空缺一个晚上太难了。就算从纪庭方提供的画作名录里继续筛选，符合风格和主题的作品也没有那么多了。"

他依然是点点头："我知道。"

"那你告诉我，应该怎么办？"姜百思从没有什么时候比此刻更觉得无助。

陆予城看着眼前这个总是看起来无所不能的姜主管，他是头一次看到她这样无所适从的表情。他忍不住伸手拍拍她的头，声音里带着轻轻的安抚："相信我，我会解决。你今天够累了，先去换身衣服，休息一下。"

姜百思不知道是不是因为真的太累了，还是被他冷静的话语说服，换作平时，她一定会坚持在场参与，但那一刻，她选择相信他，她轻轻点了点头。

姜百思离开之后，陆予城先是交代严飞找老吴一起把现场处理一下，将脏污的画作撤出。严飞想了想问道："空缺的部分，要联系纪庭方吗？"

陆予城幽深的目光落到虚空处，嘴角牵起一抹意味不明的笑：“的确是要联系他，这件事情我来做。”

纪庭方接到陆予城电话的时候，正死缠烂打地赖在何眉的公寓里不肯走。

“听着，我不管你在哪里，和谁在一起，你现在立刻过来，我有重要的事找你。”陆予城说完便潇洒地挂了电话。

纪庭方愣了一秒，暗骂了一声煞风景的家伙，但想起来他说的重要的事，到底没敢太耽误，拿起外套就往屋外走。

何眉对着他的背影喊了一声：“去哪儿？”

纪庭方回头：“陆予城找我有事。”

“什么事儿？”

他做了个给嘴拉拉链的动作：“男人的秘密。怎么，不舍得我走？”

何眉瞪他一眼：“麻溜地滚。”

门被轻轻关上，门内，何眉对着门板轻声嘀咕：“什么事神神秘秘的？”

何眉是第二天一早去展厅才知道前一天晚上这里出了事的。

展览九点开门，此时八点钟，她一到那儿就听见季小蕾夸张的叫喊：“老大，你太厉害了，从哪儿搞到这幅画，而且画得好漂亮，和我们的总体风格也很搭！”

然后是严飞的声音：“虽然画展里面挂这么一幅装饰画好像不合规矩，但好在这画风格很美，中国风式的印象派，朦胧、梦幻，倒是很契合我们的主题。一会儿我就把老大吩咐的非卖展品的标签贴到旁边。”

二楼展厅，原本被墨迹污染的痕迹已经被完全除去，因污损画作撤下而空缺出来的部分此刻正挂着一张巨幅的中国风油画。何眉并不十分懂画，但看这幅画，花影、水影、月影、光影，将光与影的艺术描绘到极致，笔触轻盈，用笔娴熟，美得不像话。

而此刻她的好友，则看着这幅画发着呆。

何眉推了推想事情想出了神的姜百思：“姜姜，你怎么了？”

姜百思如梦初醒一般，走到陆予城面前，问：“这画你哪儿来的？”

陆予城本能地后退了一步，踢了踢一旁的纪庭方：“他找来的。”

突然被叫到名字的纪庭方像是上课遭遇老师提问一般紧张：“这是我一个朋友的画，我正好找他救一下急。所以才说非卖展品嘛，用完了还得还回去。”

“你的朋友？什么朋友？”一旁的何眉傻傻地问。

纪庭方硬着头皮回答：“就……就一个没啥名气的，说了你也不知道，这是他的练习作品，只是借我们用几天。”

姜百思看着他，嘲讽一下：“将 Elton 的画说成是无名小卒的练习之作，你是觉得观众都是瞎的？”

除了有限几个当事人，展厅里的众人皆是齐齐吸了一口气。

对真相一无所知的季小蕾发出了夸张的感叹：“是我该死，竟然没认出来偶像的画！”

严飞下意识地看向自己的老大，被陆予城警告地瞪了一眼，没敢再乱瞟了，他怕自己心虚泄密。原本就被秘密塞得食欲不振的严飞觉得，今天自己怕是又要减一碗饭了。

何眉回想了一下，问道：“所以昨晚，是 Elton 找你出去？”

纪庭方这下不知道该点头说是，还是摇头说不是，僵硬地点了点头又摇了摇头。

姜百思看了看纪庭方，又看了看陆予城：“Elton 现在在本城？”

陆予城撒谎脸不红心不跳，满脸坦荡荡：“你看我干吗？你该问他，我也是找他帮的忙。”

他这么一说，大家的视线又纷纷落在了纪庭方头上。

纪庭方狠狠地瞪了陆予城几眼，奈何对方根本接收不到。

他干笑了几声：“Elton 比较低调，他不想让人知道他的画在这儿展出。你也知道的，他已经封笔好几年了。”

他不知道这么说姜百思信不信，但好歹她后来并没有问什么。

很快，纪庭方就知道，姜百思所说的观众不是瞎子是什么意思。那天上午，网上就有“疑似 Elton 的画重出江湖”这样的帖子出现。后来经《艺术观》副主编张放的鉴定认为高度疑似这画就是 Elton 所画之后，该帖几个小时之后被迅速转发成了热帖。

随后有艺术评论专家对连续两天这场展览的热度做了评析，最后得出“姜姓策展人真是打得一手营销好牌”的结论，话里话外讽刺这场展览暴露主办方为吸引流量不惜迎合大众哗众取宠，抛弃了美术馆传播艺术和大众审美教育的职责。

然而却被随后赶到的大批 Elton 的粉丝痛批。

“符合大众口味就是刻意逢迎了？所谓的专业艺术家真的有多么肤浅。”

“这么个小破展览处处透露着没钱的气质，是什么让您觉得这是场营销？”

粉丝与网络大V的骂战更是将这场展览的热度推到空前高度。

虽然网络议论纷纷，但那幅挂在展厅的画作旁，贴着的标签始终没有换过：

作品名称：无题

作者：佚名

备注：非卖展品

Chapter 07
我们是同一类人

眼前这人脸上挂着欠揍的笑：“我还以为你会给我一巴掌。”

终于等到最后一位观展者离开，姜百思穿着高跟鞋站了一天，后脚跟都磨出了血泡。

季小蕾捧着脸站在那幅画前，两眼亮晶晶地说：“今天这张画怕是被人自拍留念最多的一张了。”

何眉摇了摇头：“少年天才的名头是不是特招女孩子喜欢？你没看最后一个女孩子走之前还悄悄拉着严飞问 Elton 在哪儿。真是的，Elton 在哪儿他怎么会知道？”

正喝着水突然被提到名字的严飞一口水呛进了气管，咳得满脸通红。

他的确是知道的。

只是他不能说。

他突然理解了季小蕾那个理论，怀揣着秘密的人果然会被撑到。

“严飞，你怎么了？总觉得你最近怪怪的。”季小蕾拍着他的背帮他顺气。

严飞咳得更厉害了。

“今天大家都累了，各自散了早点回去休息吧。”陆予城开口赶人，他怕季小蕾再问下去，严飞会把什么都招了。

只是可惜他打发得了众人，打发不了姜百思。

姜百思拦住了他，一脸凝重：“我们聊聊。”

他沉默地盯了她半晌，视线又落在她被高跟鞋磨破了后脚跟的脚上，点了点头，拿起钥匙：“车上聊，我送你回家。”

他们一前一后往外走去，陆予城忍不住有些头疼，他不确定这姑娘已经猜到了多少。

姜百思坐进车里后，单刀直入："你和纪庭方那套说辞哄得了别人哄不了我。"

他一味装傻："扯上我干什么？都说了那画是纪庭方找来的。"

姜百思转过脸来："你以为我看不出来纪庭方只是个幌子吗？"

夜间十一点，天空渐渐地飘起雨来，滨江大道上宽阔无人，只有路灯的光影在穿行的车内流淌。

姜百思脸上的光影明明灭灭，她看着陆予城。有一瞬间，她的脑海闪现出一个很荒唐的猜想，这个猜想的逻辑过于荒谬以至于念头冒出的一瞬，她就将它压了下去。

良久，她幽幽地开口，将脑海中那个过于荒唐的猜想化作更切实际的问句："你和 Elton 什么关系？"

她牢牢盯着陆予城，试图从他的表情中解读出什么来。

只是可惜陆予城不是纪庭方，更不是严飞，听到这句问话，他脸上的神色没有任何改变。

路灯从车窗外斜斜照过来，他的侧脸如刀削斧凿一般，看不出任何情绪的流露。

"好吧，我说。"眼前的男人似乎是叹了口气，"我的确是和他认识，我在英国的时候与他有过几面之缘。前段时间，我知道了他落脚在了这个城市。只是你知道的，他既然已经封笔退圈，自然是不想再进入公众的视野，因此在我们找合作画家参展的时候，我并没有选择去打扰他。昨晚的意外来得太突然，所以我只能找他帮忙。"

"就这样？"姜百思问。

被问的人转过一张无比真诚的脸，笃定地点点头：“就这样。”

整晚如临大敌的姜百思，似乎是重重地松了一口气：“我还以为……”

他挑眉看她：“你还以为什么？”

她还以为，他就是 Elton。

那种强烈的预感来得毫无道理，且毫不遵循推理的逻辑，向来对画廊的事业毫不上心的陆予城，怎么会是那个年少成名的天才画家，她自嘲一般摇了摇头：“没什么。”

迷雾弹的效果显著，陆予城很识相地没再继续追问。他状若随意，将话题悄无声息地转移：“不过不管怎么说，目前从结果来看，我们结盟之后初战告捷。”

结盟？

听到这个字眼，姜百思又想起了那个 360 度无死角展示在镜中的“盖章”，她的脸又不争气地红了起来。

幸而夜色浓浓，遮掩了她的小心思。

此刻车子正途经一段在修葺的路段，路面坑坑洼洼，车灯远远地照过去，入目皆是斜斜的雨丝。

忽然在道路中间的栏杆上，他们看到一团小小的黑影在那里挣扎。

车子被紧急刹住，姜百思定睛看去，那是一只受伤的小猫，可怜兮兮地被夹在栏杆的缝隙里，挣脱不出。

陆予城将车靠边停下，两人下了车，所幸雨势并不大。小猫卡在那里，奶声奶气地发出叫声。

那是一只小奶猫，被雨打湿了毛，瑟缩着越发显得可怜。

两人怕伤着小猫，忙了好一会儿才将它从栏杆里解救出来。

等姜百思抱着小猫回到车里，两人一猫俱被雨淋得浑身湿漉漉。

“你住处离这边还有四十分钟车程，你感冒刚好，要赶紧把湿衣服换掉，去我那儿吧，正好就到了附近。”陆予城说着掉转了车头。

半晌没听到身边人的回应，他转头看过去，看到那人正怀抱小猫戒备地看着自己。

陆予城被这眼神激得气乐了：“你在想什么呢？我是那种人吗？再说了我们之前又不是没同居过！”

姜百思忍不住为自己的小人之心红了红脸，辩解道：“注意措辞好吗，我当时只是借住！”

一年前，被陆予城在大雨之中捡到的姜百思，曾在他的房子里住了近半个月，是在找到租的住处之后才搬了出去。

“你还好意思说，那半个月我睡沙发脖子都快睡断了。”陆予城控诉道。

姜百思回想起他身长脚长横置在沙发上的委屈模样，一时忍不住想笑。

陆予城的公寓很快就到了。秋雨淅沥，秋风瑟瑟，姜百思用自己的外套轻轻地将小猫裹起来，温柔地抱在怀中。

在大堂等电梯的时候，有住户刚从电梯里下来，眼睛多瞟了姜百思好几眼。

秋季的衣服单薄清透，她又是穿的白衬衫，经雨一淋，姣好身形显现。偏偏她还一副无知无觉的模样，只专心逗弄着怀里的小猫。

陆予城觉得一阵暴躁，脱下外套兜头盖到她身上，他的外衣宽大，她在衣服底下挣扎半晌。

趁这工夫，他警告地咳了一声。那人抬眼看到他凶神恶煞的模样，收回视线赶紧逃离。

姜百思好容易冒出了头，忍不住瞪他一眼，觉得莫名其妙：“我不冷。”

正要把外套脱下来还给他，就看到陆予城冷着一张脸按住她的手，说道：“我怕猫冷。”

还没等姜百思说什么，电梯“叮”一声到达预按楼层，陆予城臭着一张脸拽着她的衣服后领出了电梯。

一进了房门，姜百思还来不及坐稳当，就被陆予城催着去洗澡：“快去洗洗，不然又发烧了，到时候别人还以为我这个老板有多么丧心病狂剥削员工。”

姜百思依旧抱着小猫：“它受伤了，我得先帮它包扎一下。”

陆予城不容分说地从她怀里把小猫捞过来：“它的伤口我来处理。”

见她还磨磨蹭蹭的样子，头发和衣服都还滴着水，陆予城干脆一手抱猫一手捞人，将她推进了浴室。

浴室里水汽氤氲，温度宜人，姜百思洗了个暖融融的热水澡，因为牵挂着外面的小猫，头发都没怎么擦干就出来。

然后她就看到小猫安静地趴在陆予城腿上，浑身的毛发已经被吹干，腿上的伤口也被处理过，包着纱布。

“好可爱，我来抱抱。”姜百思被小猫的可爱感动了，忍不住伸手要抱过小猫。

陆予城看到姜百思头发都没吹干就出来的样子，微不可见地皱了皱眉头，但并没有说什么，只是将小猫递给了她。

姜百思坐在沙发上，不亦乐乎地逗弄着小猫。下一秒迎头便罩下来一条大毛巾，陆予城像撸猫一样撸着她的头发，看她徒劳地在他手底下挣扎，直到她的头发像她怀中小猫一样奓了毛才满意。

“这样子顺眼多了。”

姜百思抬眸瞪着他，眼睛里还带着刚刚洗浴之后的雾气，晶晶亮亮，眸色也像是被水稀释过一般，较平时来得浅淡，倒衬得唇色越发殷红，在灯下闪着水润的光泽。

陆予城下意识地就想到了那个蜻蜓点水般的盖章之吻，他的喉结做了一个来回运动，只觉得喉咙发干，随手拿起茶几上的凉水灌下肚，僵硬地丢下一句“我去洗澡”便狼狈而逃。

姜百思摸着小猫的毛，对着他的背影喃喃道：“这个人最近越来越奇怪。”

小猫低低地叫了几声，像是回应，又像是撒娇。

“是不是饿了？”姜百思环顾了一下四周，将小猫放在沙发上，“现在暂时没猫粮，我去厨房给你弄点吃的。”

姜百思在冰箱里找到了一点肉，切成细丁放在盘子里，给小猫拿过去。

回到客厅的时候，小猫却不在沙发上了。姜百思看了一圈，没发现小猫的踪迹。

“咪咪？”她喊了一声。

小猫没有回应，倒是阁楼那边传来了响动。

姜百思无奈地摇了摇头：“跑得倒是快。”

她循着响声找到阁楼，木质的楼梯咯吱作响。说起来，虽然她曾经在这里住过半个多月，倒是从来没上阁楼看过。

阁楼的门轻轻半掩，依稀传来里头小猫低低的叫声。

姜百思推开门，一边用手在黑暗中摸索着电灯的开关，一边忍不住数落：“你可真够淘气的……”

灯光乍泄的瞬间，才看清所谓的杂物间藏着什么东西时，姜百思的瞳孔微缩，满是不可置信的震惊。

小猫顽皮，上蹿下跳之间掀落了盖着画框的遮尘布，露出里面藏着的画作。

像被自然赋予了生命的笔触，灵动的、斑驳的流光，和景物、人物浸润在一起，将中国水墨画式的画风呈现于油画画布上。这样独特的技法，这样独特的笔触，曾让那个少年天才在欧洲画坛掀起一股巨浪。而仅仅在十五个小时之前，她就在展厅空出来的那面白墙上见过。

姜百思的手轻轻地抚上那幅画，指尖发凉，四肢百骸的血都涌向心脏，沉沉地撞击着。

原来如此，本来如此。

她早该想到的。

事实上，她已经快要想到。

因为觉得心头这个猜想太过不可思议，所以在展览结束之后她叫住了陆予城，想要问个明白。

却没想到还是被他骗了过去。

她像一尊石化了的雕像般站在那里，不知道该如何消化看到的一切。

身后传来响动，她知道是他。

陆予城看着她，脸上的神情却依旧是懒洋洋的漫不经心，甚至染上几分欠揍的揶揄：“啊，怎么办，半个多小时前才刚撒过的谎，这么快就被揭穿了……”

听他这样说，姜百思心头的怒意更甚。半个多小时前在车里对于她的问话，他脸不红心不跳地胡编了一段朋友情，到现在被抓包，他依然不见慌乱，比她这个被骗者还要若无其事。

她想起当初自己对他隐瞒身份偶尔冒出的愧疚，觉得自己简直像个傻瓜！

甚至还被他阴阳怪气地扣了许久“蓄意欺骗”的罪名，那她现在，是不是该判他个罪该万死！

姜百思握紧了拳，正准备兴师问罪，就看到眼前的人一步步地踏入光影中来。他一步一步走近她，反倒迫得她一步一步往后退。

他终于在离她极近的地方停住，画室的灯光流泻在他的眉眼上，氤氲出几分邪气来。他眉毛轻挑，俯身在她耳边轻声说：“我记得季小蕾说过，Elton 是你年少时的偶像啊？怎么样，发现你老板我就是你年少时的偶像，感觉如何？”

听到他问出这话，姜百思的脸红到了耳后根，她一把推开他，强撑气势反驳道：“那也只是年少时的偶像，算不得数的！”

陆予城仿佛是万分遗憾的样子，眼睛却是一动不动地看着她，叹息一般：“啊，那可真是可惜。”

可惜什么？他没有说。

姜百思也不敢问下去。

特属于女人的敏锐触觉令她察觉，这问题的背后是模糊了的分界线，她忽然觉得心慌起来。

小猫低低的叫声及时打破了这暧昧而尴尬的气氛，姜百思如蒙大赦，蹲下身子将这闯入禁地的罪魁祸首抱在怀里，视线却被角落里一幅露出了一半布面的画作所吸引，是同样那标志性的如梦似幻的光影捕捉。

这似乎是一幅肖像画，画中女子含情脉脉看着画外人，画里明媚的阳光洒落下来，在枝丫间落下斑驳的光影，让她整个人都明亮温柔起来。

但那笔触更厚重，如果说 Elton 的画是水墨风的油画，那么眼前这画的风格更偏写意，相同的是皆是以西方技法表现东方神韵。

姜百思几乎是在看到的一瞬间，就猜到了那画的主人。

“这是你父亲的画吧？”姜百思转过头问他。

陆予城的脸上已经没有了方才的吊儿郎当，他沉着脸，简单“嗯”了一声当作回答。

她想起了他说的那个故事。故事里的少年对自己的父亲崇拜如神，连画风笔触都在追随模仿，而有朝一日却发现，父亲对他和母亲的疼爱只是缘于一场精心策划的阴谋，少年的信仰崩塌，从此发誓不再碰画笔，连同那些神似父亲的画风也一并封存在记忆里。

她问：“画的是你母亲的肖像画吗？”

“问够了吗？”陆予城似乎是有些烦躁的样子，走过来将遮尘布重新遮挡在上面。

而后他察觉到他的衣服下摆被人拉住了。

姜百思仰着头，小声问：“我很喜欢这画，可以送给我吗？”

陆予城沉默了一会儿，然后说：“你要是喜欢那就拿走好了，免得我还要当垃圾扔掉。”

“你如果真的想扔掉的话，当初回国的时候就可以扔在英国，何必千里迢迢带回来？”姜百思对着他的背影说道。

陆予城的身形僵住，脚步停滞了一会儿，随后转身看着她，像是警告一般："我不需要你的自以为是。还有，我不想再听到关于他的任何话。"

姜百思看着他浑身笼罩着阴鸷的情绪，紧了紧手指，无视了他的警告："你有没有想过，或许你的父亲并不像你说的那样。他如果真的无情，不会将你母亲的肖像画得如此温柔。这个画中之情我看得出来，你应该也看得出来。"

陆予城自嘲一笑："如果一个人连在一段长久的婚姻里都能隐瞒下去，那么像画中之情这种虚无缥缈的东西就更不可信了。"

"你真的认为画中之情是虚无缥缈的东西吗？"姜百思深深地看着他，"不，或许你只是怕再一次失望罢了。"

陆予城忽然转身将她压到墙上，灼热的气息喷在她的脸上："我说过，我不想再听到关于他的任何话了。姜百思，你不要仗着我对你的纵容……"

似乎是感应到他的怒气，姜百思怀中的小猫可怜兮兮地呜呜叫着。

陆予城看了一眼小猫，又看了一眼被自己吼得微愣的姜百思，松开了手，头也不回地走了。

因为这段并不愉快的小插曲，两人一夜辗转难眠，唯有一只小猫呼呼睡到天亮。

第二天到了展厅，两个人皆是冷着一张脸。

季小蕾偷偷拉着严飞，说道："你有没有觉得老大和姜姜姐有点奇怪？"

严飞莫名："奇怪什么？"

"好像吵架了。"

“有吗？我看他们神情都很正常啊，没有什么不对呀。”

季小蕾白了一眼严飞：“算了，跟你说了你也不懂，恋爱经历为零的家伙！”

听到她这样说，严飞偷偷地看了她一眼，脸突兀地红了红。

季小蕾奇道：“你怎么了，很热吗？”

严飞头摇得像拨浪鼓，胡乱找个借口转身走了，留下季小蕾满头雾水。

很快，连粗神经的严飞也察觉到两人的不对劲了。

两人面上虽然都是平常模样，但是一天下来，竟然连个眼神对视也欠奉，更别说是对话了。

只有夹在中间饱受煎熬的季小蕾知道个中苦楚。

此时季小蕾正跟姜百思通报沈夫人在门外想见她一面，沈夫人见她，无外乎就是为了沈执的事。姜百思停了几秒正要说话，就被陆予城一口回绝：“去告诉她，不见！”

姜百思却似乎无视他的话，叫住季小蕾：“你叫她进来，我见见她。”

陆予城像是被她的态度气到：“季小蕾，你问问她，是不是要圣母心泛滥想对作乱的凶徒手下留情？”

姜百思似乎也是被激出了几分火气：“季小蕾，你告诉他，虽然沈执犯了错，但是当初沈阔也算是在我们最困难的时候帮了我们一把，他现在身体状况很不好，若是知道了儿子的事情只怕熬不过去。”

陆予城冷笑一声：“这样还不是圣母心泛滥？季小蕾，你告诉她，我不答应！”

“季小蕾，你告诉他……”

“两位老大，饶了小的吧！”季小蕾夹在中间连连叫苦，“你们神仙打架别连累我这个凡人，嘤嘤嘤……”

最后是姜百思扭头就走，去了派出所撤案。

陆予城在后头气得后槽牙一阵一阵疼。

目睹了整个过程的老吴笑了起来，忍不住嘲笑：“她这样还不是你给惯的！”

陆予城气得一脚踢过去。

老吴哀号一声:“不舍得收拾正主就来找我撒气……天理何在……”

Y.U 的一众人发现，他们原本就不算脾气好的老板最近几天脸色越发臭了。

为避免被怒火误伤，大家能避都避着他走，只有姜主管，连个多余的眼神都没给他，惹得老大神色更冷。

一众人吓得瑟瑟发抖，这分明才刚刚入秋啊，为何冬天的气息来得这么早!

在两人冷战的这几天，员工们只觉得他们老大头顶的气压持续降低，直到顾衍上门的这一天跌到冰点。

顾衍是来找姜百思的。

在大家已经接受了姜百思是韩家收养的养女以及陆予城是韩家外孙的事实之后，大家看见顾衍的到来也并没有多少人感到奇怪，只当是哥哥来找妹妹。

只有此前在姜百思家门口见到那一幕的季小蕾和本就知晓底细的何眉不约而同地叹了一口气。

不同的是，何眉叹气是因为担心韩清如，那个疯子知道顾衍来见姜百思不知道又会做出什么疯狂事来；季小蕾叹气则是联想当初那一幕，误以为这是陆予城这个现任和顾衍这个前任的修罗场。

美术馆后门出去，临着一面湖，沿着湖岸栽种着几丛凤尾竹，湖面的风吹过来，扬起姜百思的发丝，带来淡淡的香味。顾衍站在那阵风里，一阵恍惚，明明前几天才见过她，为何觉得那样漫长。

自从重逢，他们每一次靠近的时间都那样短暂。

他很想伸手将她的鬓发别到耳后，但最终只能握紧了拳忍下这股冲动。

“你还好吗？”他沙哑着声音开口。

姜百思点了点头。

停顿了数秒，她仰起脸来认真地看着他。好像自从重逢以来，每一次见她，他的脸上似乎永远都挂着这样牵挂负疚的神情。

她想了想，说道：“顾衍，你其实不必这样。当年的事情，我并不怪你，所以你不必觉得亏欠我。”

顾衍眼底滑过一丝痛苦的神色，不，他宁愿她恨他，长长久久地恨他，耿耿于怀不能释然，也不愿意见到她这样云淡风轻地表示理解的样子。

“在你最需要我的时候，我没有及时地站到你身边，你应该恨我，永远不必原谅我。”

“不，顾衍，如果我是你，在面对养母被气到中风的情况下，我也会先选择将她送去医院的，至于之后的，你也曾疯狂找过我，是因为我换了所有联系方式，割断了所有维系的关系网，你才找不到我。所以，并不是你的错。”她站在那里，声音很轻，仿佛只是在说一件并不相干的事。

顾衍的内心忽然涌起一阵惶恐，曾经他们一起在韩家相互陪伴长大，是彼此生命中不可缺少的一部分，可现在，她好像已经不再需要他。

深深陷在原地的，只有他而已了。

“你已经不需要我了，是吗？”他的声音被风吹得破碎。

“关照我并不是你的责任，所以你不必觉得对我负疚。而且……”姜百思顿了顿，视线落到美术馆的方向，声音都温柔起来，“而且，现在的我过得并不艰难，不，甚至可以说过得很好。我遇到了一群可爱的人，我从来没有试过如此恣意地活过，我可以毫无顾虑地任性，我可以毫无顾虑地和他们一起往前冲……”

顾衍顺着她的视线看过去，其实只能看到美术馆的大门，但是他知道，她在看着谁。

他的手指捏紧成拳，指骨泛白：“他们？你想说的是陆予城吧？”

他以为她起码会反驳或是解释一下，但是她没有，她甚至很认真地思考了十几秒。

“他虽然脾气臭了点，但总体来说他这个人还不赖。”她抬头看着他，“顾衍，你知道的，韩家这样对待我母亲和我，今后我和韩家势必还会有冲突，我不想再让你为难……”

“我不会为难。我想过了，不管以后如何，我再也不会让你孤单一个人，我……”

然而，她打断了他，他满腔滚烫的热血在她的话中慢慢冷却下来。

她说：“不，顾衍，我现在并不是孤单一个人，我有伙伴。”

“陆予城他也是韩家的人！”他低低吼了一声。

“是，他是韩家的人，但他同样也是被韩家所不容的人。”她看着远处斜落的夕阳，云层被晕染成极漂亮的过渡色，她的声音融在风里，“和我是一样的人。”

“你喜欢上他了是不是？”顾衍忽然开口问。

姜百思愣了愣，有一瞬间莫名的心慌。

顾衍看到她的神情，内心仿佛有一只小兽在横冲直撞。他连自己都不清楚，为什么用自己最不齿的话语来敲击她：“如果你选择跟他在一起，那你这辈子都不可能跟韩家划清界限。你大概不知道，虽然韩令远不喜欢他，但韩老爷子可是很看重这个外孙。”

姜百思顿了顿，才反应过来他指的“在一起”是什么意思。她苦涩地摇了摇头：“不，他只是我的伙伴。”

她的声音低低地散在晚风里，像是说给顾衍听，更像是说给自己听。

“仅此而已。”

湖面上白色的水鸟成群地飞过，那是归巢的白鹭，呼啦啦的群鸟乘着风归去，她看了看落日，对他说：“天要晚了，你回去吧。”

展厅里，游客已经陆陆续续地离开，临闭馆前季小蕾费了半天劲儿跟人解释了半天独占一面墙挂在那儿的是非卖品，终于送走了最后一位观展者。她顺手看了一眼手机，已经五点过十分了。

姜百思还没回来。

回想起那一天在姜百思家门前看到的一幕，季小蕾重重地叹了一口气。

“叹什么气呢？”严飞问。

“姜姜姐还没回来。”季小蕾苦着一张脸，“我胃胀气。”

“姜姜姐回没回来跟你胃胀气有什么关系？”严飞满脸疑惑。

“你这个榆木脑袋！”季小蕾白一眼他，“姜姜姐跟顾先生待得越久不是越代表他们旧情难舍？如果他们旧情复燃，我们老大怎么办？”

信息量太大，严飞倒吸了一口凉气：“你说姜姜姐和顾衍？”

季小蕾才反应过来自己说了不该说的，懊恼地捂住了嘴，压低声音恐吓严飞：“你别告诉别人啊！我答应过姜姜姐不说的！”

严飞点了点头。

季小蕾放下心来，一转头，就看到陆予城寒着一张脸站在他们身后几步之远。

季小蕾手里拿着的手机“啪”一声掉在地上。

“老……老大……”因为太紧张，季小蕾差点咬掉到了舌头。

该死，老大是什么时候站在这儿的，她怎么完全没察觉到！而且问题是，他究竟听没听到她说的那些话啊？

季小蕾想掐死自己。

短短沉默的几秒钟，像是过去了一个世纪一般难熬。

陆予城轻掀眼皮，面上看不出任何异常，皱了皱眉，指着掉在地上的手机，问：“我有这么可怕吗？”

季小蕾把头摇成拨浪鼓。

“何眉和纪庭方在二楼盘点已售的作品，你们还不过去帮把手？还有闲工夫在这儿闲聊天，人家两个好歹是因为画廊人手不够来帮忙的，你们倒好，干脆偷起懒来了？”

看这样子，是没听到？季小蕾紧张得快哭了，这会儿听到老大使唤她去干活，巴不得趁这个机会先逃离现场，使个眼色拉着严飞一块儿逃似的跑走了。

他们走后，陆予城转头望着美术馆后门的方向，轻扯着嘴角，聊得可真够久的，太阳都下山了还舍不得回来哪？

季小蕾的话他听到了。

当时他脑子里划过的想法是果然如此。

在姜百思同他说的故事里，只语焉不详地带过了顾衍的存在，但他知道，两个浮萍一样的人从小一起长大，是彼此化入血液的情分，在这情分里，能生出别的感情来，他丝毫不会奇怪。

他也是男人，他太能看懂顾衍看向她的眼神里究竟藏着什么了。

而她……

他想起了那个她重逢顾衍的月夜，她在月光下哀伤的脸。

突然间一阵暴躁，他手摸向口袋，摸到烟盒的一刻手下意识地凝滞了一下。

因为她立的规矩，他已经许久没有碰过烟了。

落日余晖渐渐隐没，展厅里静悄悄，只有他一个。

手指夹起烟，打火机点上烟头，烟草的灰色烟线在空间里袅袅升起。

然后下一秒，他就听到了熟悉的带着怒意的声音："陆予城，你又抽烟！"

姜百思一进来就闻到了烟草味，她皱着眉，气势汹汹要去抽掉他手上的烟。

烟蒂猩红的光芒倒映在陆予城眼底，一闪而过。他左手微抬，右手攥住姜百思细白的手腕，在她愣神的瞬间，他将她轻轻一扯，推入了镜子迷宫的入口。

姜百思只觉得人影一晃就被他压在了镜面上，那根沦为导火索的烟被他轻轻踩在脚底碾灭，她刚要说话就被他故意呼出的烟雾呛住了喉咙。

“陆予城，你干吗……”

她控诉的声音淹没在唇齿之间。

这一次，不再同之前那个蜻蜓点水的“盖章”一般了。这一次，是掠夺，是啃噬，是狂风暴雨过境。

姜百思像一叶小扁舟一般无力，她的推拒、闪避皆被他轻松化解。他的口腔充斥着呛人的烟草气息，余雾袅袅中她紧闭了眼，不敢再看镜中倒映的人影。

嘴角传来一阵剧痛，陆予城终于松开了她。镜中映出他带着血珠的唇，殷红一点，格外醒目。而他的血亦沾染在她的唇间，衬着她眸光闪闪，脸若红霞，倍显动人。

她确实被烟呛着了，一直咳得停不下来。

他的手在她背上轻抚，被她气愤地躲开了。好容易缓过来气，他下一句话又让她呛住了一口空气。

眼前这人脸上挂着欠揍的笑：“我还以为你会给我一巴掌。”

的确应该给他一巴掌!

姜白思的手高高扬起，还没等挥下就被他轻而易举地攥住。

他的手掌宽大温热，长期执画笔的手指带着微微粗粝的茧子，擦过她手腕内侧的肌肤，带来灼人的热度。

“我道歉，之前不该对你发脾气。”男人叹息一般的声音在她头顶响起，依着他的脾气，这或许是他此生头一次跟人服软道歉。

姜百思挣了一下，没挣开他的钳制，脸微微发红，不知是因为生气还是因为别的。她僵着声音回道："你该道歉的不只是这件事吧？"

陆予城忽然笑了起来，他的视线落在她的唇上："如果你是指这两个吻，那我丝毫不觉得抱歉。"

看到她瞪着他，他一副理所当然的样子："既然盖了章，那违约了就得受惩罚。"

"我什么时候违约了？"

陆予城凑近她："以后不许跟顾衍单独聊那么久。"

"我们的约定里没有这条！"

"那我现在加上。"

"你……无赖！这是霸王条款！"

陆予城的眼眯了眯："好，既然说我是霸王条款，那我就霸王给你看！"

他终于松开了她的手腕，她刚要借机逃开就又被他挡在了两臂之间，与此同时，眼前多了一张纸。

"签！"他低声道。

姜百思打眼一看，竟然还是手写的，她完全不知道他是什么时候写的。她看到标题写着"结盟合约履行事项"几个字，再下来是罗列的条目清单：第一条，不许长时间单独见韩家的人；第二条，生气不许超过二十四小时，也不许生气就搞冷战；第三条，任何一方违约就要接受惩罚；第四条，不许任意中止合约；第五条，猫养在甲方家，乙方负责每日喂养；第六条，未尽事宜待合约进程中补充。

甲方写着陆予城，乙方就是她自己。

但这不是重点，重点是……

“前四条虽然有点奇怪但我可以理解，第五条是怎么混进去的？”姜百思指着第五条问他。

陆予城面无表情：“猫是一起救回来的，你想独占？”

“你如果很喜欢的话，可以给你养啊！”

他又冷哼一声：“那你是想一点责任不负，甩给我一个人养？”

姜百思一时被噎住，她以前怎么没发现他竟然如此斤斤计较？

而且，她怎么看怎么觉得这纸合约哪里不对劲。

“这个未尽事宜是指什么？”

他极轻极快地看了她一眼，而后将视线移开，脸上看不出任何情绪，淡声道：“顺手写的，并没有什么特指，以后想到再补充。”

他顿了顿，怕她觉得自己会吃亏，又补充了一句：“任何一方都可以补充，你也可以补充。”

话虽然是这么说没错，但姜百思总觉得哪里不对劲。

然而陆予城并没有给她时间去想清楚，直接催着她把字签了。

也不知道是不是她的错觉，她总觉得他收起合约纸的时候，视线意味深长地从自己身上掠过。

“等等。”她叫住他。

他回眸看着她。

她咬了咬唇，脸又控制不住地红起来了，声音却极力装得淡定：“下次违约你就不会……那样了吧？”

陆予城挑挑眉：“刚签完约你就想着违约？”

“不是，我只是……”

“放心。”陆予城一副公事公办的口吻，“已经签了合约，一切按合约来执行。”

说完，他就迈步走出去了。

留她在原地反应过来的时候已经晚了，等等，他们不是还在闹别扭冷战吗？她到底是怎么莫名其妙地被带了节奏，跟他签这个奇怪合约的？

外面，她听到季小蕾在问陆予城：“老大，你嘴巴怎么了？”

“没事，不小心咬到了。”他这么回答。

姜百思抬起眼，在四面的镜子中看到了自己残存着血迹的嘴角，那是从他唇上沾染的血色。她伸手擦了擦，无意间瞥见镜子里倒映出无数个脸若红霞的自己，像是被落日熏染。

她被镜中的自己吓到，幽黑的眼眸中，如雾气一般氤氲了一层淡淡的怅然。

她想起来刚才顾衍问她是否喜欢上了陆予城，那一瞬间她仿佛一个行窃者突然被拆穿，心跳猝然乱了几拍。

她的回答是她只将他当作普通的合作伙伴。

只是，能做得到吗？

她站在那里，低着头不知道在想些什么，再抬头看向镜中的自己时，眼中多了几分决然，像是正在逼迫自己做出一个决定。

Chapter 08
对她只能徐徐图之

“姜百思，你这么聪明，你别告诉我你看不出来我想干吗。”

陆予城接过快递员递过来的猫粮时,脸上的表情冷得快要结冰。

他眯了眯眼，眸色染上了深深寒意，拿起电话拨了熟悉的号码。

姜百思正在地铁里，信号断断续续：“什么事？”

他磨了磨后槽牙：“猫粮是你寄的？”

“是啊，合约不是写了我负责喂养嘛。喏，喂养的食物给你寄来了。”

他似乎是冷冷笑了一声，但她手机信号太差，听不真切，倒是听真切了他咬牙切齿的音调：“你觉得我缺这点买猫粮的钱？”

姜百思：“……”

她看了看自己周围拥挤的人群，无心再跟他斗法，放软了语调：“难道你打算让我天天跑你那边去喂猫？快放过我这个每天在公共交通工具里挤破头的‘社畜’吧。”

他却一副没得商量的语气：“那不然合约是签着玩的吗？”

姜百思觉得头疼极了，再一次懊悔自己鬼迷了心窍，竟然被忽悠着签了那份奇怪的合约。

她决定装作没听到，扔下一句“地铁里信号太差回头再说”就挂掉了电话。

陆予城没想到姜百思竟然直接挂掉了电话，气得将手里的猫粮一把扔到了垃圾桶里。

小猫像一只糯米团子一般窝在他脚边，嘴里咬着之前姜百思留下给小猫当玩具的小玩偶。它毛发都还未长齐，前爪可怜兮兮地还绑着绷带，但对这个小玩具倒是十分喜爱，走哪儿都叼着玩。

他像是生气一般指着它的脑袋数落：“那个女人都不管你了，你还拿她的东西当宝贝。”

正好此时手机铃响，他一看来电显示，余怒未消，接起来声音带着惯性的火药味：“干吗？”

电话那头纪庭方迟钝地没察觉到他的火气，反而在火上浇了一把油：“怎么样？按我说的先哄得她签了合同，再借小猫让她多多过来，进展得怎么样了？”

提起这个，他火气更盛：“不怎么样！你提的这破主意我怎么就信了呢？”

纪庭方也愣了，不免陷入了沉思：“不应该啊。当初何眉就是用这招把我勾到手的，认识没两个月就借共同喂养一只小狗彻底俘虏了我……”

合着这家伙是直接让自己套用了他的解题方式！

陆予城一阵气结，这家伙自己就是个半路折戟的败将，还好意思给他传授攻略呢？他真是疯了才会听纪庭方的。

然而嫉妒使人疯狂，嫉妒使人蒙蔽心智。

当时他看到姜百思跟顾衍出去久久未回，又听到了季小蕾的那一番话，正觉得莫名暴躁的时候，纪庭方的一句话让他似当头淋下一盆冷水。

他记得纪庭方当时煞有介事地说：“你跟她长期是以公事联系到一起，这种心理惯性之下肯定是比不过青梅竹马的情分。你应该换一种策略，让她在公事之外也习惯有你。”

那时的自己被嫉妒摧毁了理智，才会在这家伙提出这么不靠谱的策略之后病急乱投医。

那一头纪庭方还在苦思冥想给他出谋划策："要不换个借口吧，洗澡摔伤了、烧水烫伤了、做菜割伤了，各种前半辈子没出过的意外都来一遍，博得同情，用一个成语总结来说就叫作哀兵必胜！"

陆予城连对他哀兵必胜这个成语都会用的调侃都懒得说，直接挂掉了电话。

这么智障的法子，傻子才会用。

挂了电话，他心有不甘，又给姜百思发去一条微信："你不来的话就等着小猫被饿死吧！"

姜百思已经下了地铁，刚走到美术馆门口便收到了这条威胁信息。

她现在怎么发现陆予城越来越幼稚了？玩这种小孩的把戏。

她轻嗤了一声，把手机塞回包里。

身旁的何眉问道："怎么了？"

"陆予城不知道发什么疯，猫养在他那儿非得让我过去给他喂。"她抱怨道。

然而并没有听到预想中何眉同仇敌忾的吐槽，她看向身旁的好友，只见对方轻轻蹙着眉，一副若有所思的样子。

何眉托着下巴，隐约觉得这剧情她仿佛在哪里见过，有着强烈的即视感，但一时又想不出来。

陆予城发了信息十分钟过去了，手机里什么回应也没有。

他暴躁地丢掉手机，看着小猫一副饿坏了的模样，起身去厨房准备为小猫切点鸡胸肉来。

他自小一个人在国外长大，厨艺自然是不在话下，当然连刀工也很不错。他又想起了纪庭方那个所谓的“哀兵之策”，嗤笑了一声，开什么玩笑，他闭着眼睛切都不可能割伤自己。

他转头去看客厅里的小猫，却只见到那小小的一团正在沙发上转圈圈，没受伤的那只前爪不停地扒拉着沙发布面。他正纳罕它这奇怪的动作在干吗，脑子里突然反应过来对猫来说这是刚上完厕所在扒拉土！

这只猫太小了，他还没来得及教会它在猫砂里上厕所！

他一着急，指尖传来一阵锐痛，接着鲜红的血珠子便从指尖滴落下来，一滴又一滴，在地板上溅成一朵又一朵触目惊心的红晕。

得，这下子不仅割伤了，还割得不浅。

正准备自己找纱布包扎一下，他脑海不知怎的忽然划过几分钟之前正被自己唾弃的智障主意。

原本打算去拿急救箱的手转了个方向，重新拿起了被自己扔在一旁的手机，拨通那个号码。

那头的人接起来还未说话，他就撂下一句话：“为了给猫弄吃的，我手被割伤了，你送我去医院，破伤风针要及早打才有效的。”

姜百思看着被利落挂断的电话，愣了一下。

何眉问：“怎么了？”

姜百思有些着急的样子：“陆予城的手被割伤了，我得送他去趟医院。”说完就随手招了辆出租车走了。

留何眉在原地发呆，怎么回事，这个剧情，又是莫名熟悉呢。

姜百思赶到的时候，陆予城正跟小猫在对峙。

他左手受了伤，正用右手提溜着小猫在训话。猫咪自然是听不懂的，可怜巴巴地叫了几声撒娇。

“你别跟我撒娇，我就应该饿着你！反正也没人管你！”他看到姜百思来，连个眼神也没给她，指桑骂槐。

血迹从厨房一路滴到客厅，到现在手指尖还在往外冒着血珠子，看起来的确割得不浅。

“纱布呢？怎么不先给伤口止一下血？”她问。

他僵着脖子：“不会。”

实际上他是故意没包扎的，若是连包扎伤口这点技能都不会，从小孤身在国外长大的他怕是没法活。只不过，只有让姜百思亲眼看到伤口流了多少血，她才会越心虚，那个合约约束效力才越强。

果然，她轻轻叹了一声，找来碘酒和纱布，处理他的伤口。

她视线专注地落在他的伤口上，她的睫毛鸦羽似的又长又密，窗外的光落进来在她脸颊上投下沉静的阴影。

心理学上有个理论，人的审美是有倾向的，所以通常来说一个人总会爱上同一类人。

而她，就是长在他的审美倾向上。他不知道到底怎么才算一见钟情，但确实无可否认的是，他初见她，大雨滂沱之下他听见自己的心跳微弱地漏了一拍。

她整个人像一团雾，一个谜，理智和经验告诉他，这不是一个适合谈爱的女人。

所以当他无意间遇到和她长着相似眉眼的秦斯颖时，他看着对方的眼睛失了神。

秦斯颖是个于感情上十分敏感的女人，她迅速察觉了陆予城的失神，并且将时机抓住。他其实一早知道她从韩清如那里得知了自己的身份，甚至连相遇的戏码都是巧妙安排，但他懒得拆穿。

她不过想获取一些资源，而他只是想验证一件事，验证自己对于姜百思说不清道不明的心动，是否仅仅来自于对皮囊审美倾向而产生的一时迷惑。

随后，他很快发现原来那个心理学理论于他而言只对了前半句。他的确是有审美倾向的，但他不会为此爱上同一类人。

他悲哀地发现，他仅仅只是为那一个人动心。

为那一个注定的、无法给予他同等回应的人，动了心。

所以他匆忙地叫停了那段短暂的交往，甚至连牵手都还未发展到的所谓交往。

他忽然想起了纪庭方问他的话，为什么不直接告诉姜百思他的心意？

那是因为，他几乎已经可以想到她会给他的答案。

姜百思现在之所以会答应依旧留在Y.U，是因为他和韩令远之间的私人恩怨，让他们暂时有了共同的目标。而如果他一旦要跨过这个界限，她一定会毫不犹豫地离开。

“为什么让你过来喂猫你不来？”他盯着她，开口问道。

包扎伤口的动作几不可察地凝滞了一下，那片鸦羽似的长睫像是被惊动的蝶一般轻轻颤了颤。

她在紧张。

在紧张什么？

答案不言而喻。

她从来不是一个傻白甜，傻到在一个男人吻了她两次之后，还傻傻呆呆毫无警觉。

她如受惊的猎物一般，警觉心早就悄无声息地布下，只等猎人踏入她的禁地半步，她就会逃得无影无踪。

所以，三十六计全都没用，对付她，只能徐徐图之。

他轻轻勾起唇，一副轻佻的模样：“姜百思，你不会以为我对你有什么想法吧？毕竟我也算是吻过你两次。”

姜白思的长睫剧烈地颤了颤，像那栖息于花上的蝴蝶随时可能展翅飞走。

她的唇动了动：“陆予城，我……”

“你少自作多情了。”他呵呵笑了起来，有些突兀地打断了她的回答，“我怎么会喜欢你，又拧巴又无趣的女人。”

她的神情像是愣了愣，又像是松了一口气的样子。她的脸上带着茫然，陆予城并不能十分真切地捕捉到她真实的反应。

但好在，她并没有再说什么抗拒的话。

受伤的指尖被妥善地包扎好，她站起来，脸上恢复了平时的神态：“我送你去医院。”

陆予城是第一次看到姜百思开他的车，他坐在副驾上，偏头看她柔和的侧脸，回想起那一日在机场高架上他将她那辆破桑塔纳拦下，那个时候他心里在想什么呢？

他在想，这个浑身都是谜的女人啊，自己会为她如此动心，完全是情有可原的呀。

思及此，他轻轻勾起一道浅笑。

姜百思莫名："在笑什么？"

他的视线落在她熟练地挂挡起步转方向盘的动作上，由衷地评价："车技不赖。"

姜百思不置可否："多谢夸奖。"

"为什么要装作不会开车呢？"陆予城问。

这会儿正是早高峰，姜百思的视线专注在路况上，并没有及时回答他。

就在陆予城以为姜百思不会回答的时候，他听到她略带自嘲的声音："因为开车的时候，我会忍不住想起手把手教我开车的那个人。"

那个人是谁？

在整个韩家，在她整个少女时期，会有耐心手把手教她的，只有一个人，顾衍。

陆予城发现自己竟然本能地抗拒这个答案，甚至有些后悔自己主动提起这个话题。车内于是陷入了尴尬的沉默。

姜百思的手无意识地握紧了方向盘，她能感觉到陆予城听到这个答案之后异样的沉默。

其实，她也不知道为什么鬼使神差地故意提起这话。

她并不是一个感情迟钝的人，对于陆予城对她的好感，她其实能够隐约地感觉得到。

她原本已经打算，一旦他说出口，她就会离开。

只是姜百思没想到，他当着她的面否认了，反而让她不知该如何自处。

她知道陆予城从一开始就误会了她和顾衍的关系，而她现在故意提起这话，也或许是潜意识里有意让他继续这样误解。

两人各自怀着心事到了医院，医生对伤口做了处理之后，又给陆予城开了一针破伤风。

医生好像误解了他们的关系，叮嘱姜百思："这伤口切得有点深啊，让你男朋友最近先别碰水。"

姜百思愣了愣，下意识地解释："他不是我男……"

然而医生好像没听进去，已经叫号让下一位病人进来了。

姜百思送陆予城到家，帮他把被小猫弄脏的沙发收拾了一下，然后给他烧了点皮蛋粥，让他坐下吃之后，跟他说："展览的事情现在已经步入正轨，这几天你先在家休息。粥喝完碗放进洗碗机里洗，我先走了。"

见她就要走，陆予城急了："你不管我了吗？"说完发觉自己这话意图好像太过明显，欲盖弥彰地皱眉表示自己的伤口好像更疼了。

姜百思无奈地看着他："我下了班过来。"

等出了门，姜百思站在门口沉默地发了会儿呆。

好像自从那个吻后，她的心里就满是矛盾与挣扎，她似乎越来越不知道该怎么面对陆予城。她从前总能够驾轻就熟地找到他们之间相处的平衡点，而最近，她越来越觉得这个平衡点快要支撑不住。

陆予城说他对她没有兴趣，他这么说了，她就那么信了。

她都不知道是因为他说的话有说服力，还是因为自己潜意识里不想打破这种关系。

姜百思到达展馆的时候，发现瑞瑞正在她办公室里。

她笑着跟小家伙打招呼："老吴呢？"

瑞瑞眨了眨眼，似乎有些苦恼："伯伯最近咳嗽厉害，可能感冒了。可他还总是抽烟。"

姜百思想起老吴那离不开手的烟，同他笑了笑："下次得把他的烟都藏起来。抽烟有害健康，这是小朋友都知道的常识。"

瑞瑞小大人一般点点头："对，这是三岁小朋友都知道的常识。"

姜百思被他的语气逗笑，此时手机里进来一条消息。

她点开，发现是陆予城发过来的。

"晚上早点回来！"

过了会儿，那边追加了一条欲盖弥彰的信息："回来晚了猫会饿！"

她看着手机，又忍不住低低叹了口气。

瑞瑞歪着小脑袋看姜百思："姐姐遇到什么很纠结的事了吗？"

姜百思疑惑："嗯？"

瑞瑞戳戳她的脸："看你的表情好像是遇到了好难抉择的事。"

对着十岁小朋友，姜百思不知道该怎么表达自己的心情："的确是好难抉择，突然不知道跟一个人相处该用什么样的分寸。"

瑞瑞小朋友的逻辑十分简单："那姐姐喜欢那个人吗？喜欢就靠

近一些，不喜欢就远离一些呀。”

姜百思愣了一下。

她喜欢陆予城吗？

看着小朋友扑闪扑闪的大眼睛，姜百思觉得自己的措辞都变得艰难起来：“我想我也不算是不喜欢……”

“那就是喜欢呀！”瑞瑞仰着向日葵一样的小脸蛋，笑着。

唉，她跟个小孩子说这些干什么呀？

她在心里又叹了口气。

“喜欢一个人就是秘密，我知道好多人的秘密！”瑞瑞掰着手指头，“你的、小蕾姐姐的，还有……”

此时季小蕾来敲门说有位赖先生在外面找她，姜百思应了一声，出去了。

留下瑞瑞接着掰还没数完的手指：“还有陆叔叔的！”

只是可惜，姜百思没能听到这句。

要见姜百思的赖先生看起来七十岁光景，她并不认识。

赖先生看着姜百思，迟疑着问道：“请问，你母亲是姜念容吗？”

姜百思虽然疑惑他为何提起母亲，但还是点了点头。

赖先生神情大动：“太好了……真的，真的是你……”

“您认识我母亲？”

“你就是百思吧？你可能不知道，你的名字，是你母亲和敦煌研究院的同仁一起取的。你母亲说，俗话说三思而后行，而她来到戈壁度过这一生，虽百思而不悔。”

赖先生看着姜百思，仿佛溯过漫长的时光看到了那个女人：“二十多年前，我与你母亲，曾一起在敦煌共事过。她是个非常了不起的女人，在戈壁上奉献了自己的一生。”

姜百思愣住了，她从来没有听姜念容提过自己名字的含义。

她原本以为，母亲是因为自我放逐而去到那片黄沙漫漫的土地的。她从没想到过，百思这个名字背后，竟然藏着一生无悔的含义。

就算是受了韩令远和顾景兰的抄袭诬陷，那又如何，母亲并不是因为认输而离开，她是为了存在于那片土地上古老艺术最虔诚的朝圣。

母亲并不孤独，二十年后，依然有人记得她。

“恕我冒昧，我这次来，是想请你帮个忙的。”

那位赖先生打断了姜百思的思绪，向她递出他的名片。黑色的底面上印着烫金的字体，写着一行小小的字：敦煌艺术展主策展人，赖以冠。

见他站起来向自己鞠躬，姜百思赶忙伸手扶住了他：“赖先生千万不要这样说。敦煌艺术展推出的每一场展览都十分具有轰动性，您是我辈的楷模。有什么我能帮得上忙的，不胜荣幸。”

赖以冠说道：“我们这一次策划了敦煌壁画复原展，你母亲临摹的壁画，是十分优秀的作品，我希望你能够同意，将你母亲的作品放到我们的展览上面。只是这个展览上的作品最后将全部用来义卖，义卖所得的钱将会全部捐献给西部地区贫困儿童。我知道这个请求很冒昧，毕竟那是你母亲留下的遗物。”

看着赖先生真诚的表情，姜百思说道："不，赖先生时隔二十年仍然能够想到我母亲的画作，那是对她那么多年在漫漫黄沙中坚持的肯定。我想我母亲若在天有灵的话，一定会同意的。"

赖以冠没想到姜百思会这么快同意，一时间情绪激动万分。他看着她，感慨道："你跟你母亲一样善良。"

那天下班之后，姜百思回到陆予城的公寓，心情格外好。

陆予城看着她："干吗，捡到钱了？"

姜百思却难得地没有跟他对呛，她看着他，眼睛亮晶晶："很长一段时间，我很为我的母亲不值，她半生漂泊在黄沙漫漫的戈壁之上，个中艰辛不足为外人道，然而她只能沦为被黄沙掩盖的寂寂无名之人，而沽名钓誉之辈反而享尽了鲜花和掌声。然而，今天我才知道，原来还是有人记住她的，她的奉献也是被人所看得到的。"

陆予城出神地看着她，他从来没有在她脸上看到这样纯粹开心的笑容。自从在那个雨夜捡到她，她的开心和快乐都是克制的，从没有像今天这样发自肺腑地喜悦。

他轻轻笑着看着她："赖以冠先生亲自来向你求取你母亲的画，在这样高规格的画展上展出，可见他是真的十分认可你母亲，你母亲的付出并不是无人知晓的。"

听陆予城这样说，姜百思愣了一下："这件事你知道了？"

"严飞打电话跟我说的。"

"那你刚才为什么装不知道在那儿问我？"

"严飞跟我说，你从赖先生离开后心情就一直很好，他从来没有见过这样的你。"他顿了顿，看着她，"我也没见过这样的你。我想让你有机会这样开心地对我说。”

他这样直直地看着她，姜百思的视线像是承受不住地移开。

看着她匆忙丢下一句“我先去做饭”落荒而逃的身影，陆予城的嘴角勾起一抹意味深长的笑意。

不着急，来日方长。

作为从小过惯了一个人生活的姜百思来说，厨艺自然不在话下，甚至可以用“精湛”来形容。

因为不光陆予城吃得津津有味赞不绝口，连小猫也被美味馋得跳上了饭桌，两人都还来不及阻止，小猫已经将一碗汤打翻，陆予城躲避不及，汤汁全泼洒在身上。

他看着埋头在碗里吃得正香的始作俑者，神色暴躁，摩拳擦掌。

姜百思在陆予城出手之前将小猫抱到怀里，生怕晚一秒这只猫就遭了毒手。她抬头讪讪地看着他：“它现在还太小，先饶它一次。”

陆予城哼一声，手指点了点猫咪：“再有下次就把它丢出去！”说完，他站起身准备去浴室擦洗，虽然汤汁美味，但洒在人身体上，黏黏腻腻的极不舒服。

转身的时候，听到身后姜百思在教训小猫咪，故意压低声音的假作严厉：“下次再这样不乖，我也救不了你。”

小猫懵懂，蹭她怀里喵喵地叫着。

姜百思逗弄着小猫，随后听到浴室里陆予城呼唤自己的名字。

她抱着小猫，走到浴室门口，答应道：“怎么了？”

浴室门被推开，陆予城光着上身，下身缠一条浴巾，露出精瘦的躯体，脸上毫无表情：“医生说了，我暂时不能碰水。”

姜百思一瞬间没能明白他的意思，看着他：“所以？”

“所以，你来帮我洗啊。”他一副理直气壮的模样，仿佛只是在陈述一个简单的事实。

姜百思的脸莫名其妙有点红：“想都别想！”

陆予城斜斜地倚靠在门框上，脸上带着轻佻的笑：“我都说了不会对你有什么想法，你还怕什么？难道是你对我有什么想法，怕自己克制不住？”

末了，他还加了一句刻意的称呼：“嗯，表妹？”

姜百思一听他叫这个称呼差点跌了一跤，她怒目瞪着陆予城：“你再这样叫我，我就跟你翻脸。”

“那所以你可以进来帮我了吗？”他站在姜百思跟前，居高临下地看着她。

浴室的灯光从里头漏出来，将他的身影拉长，笼住她的身影。姜百思抱着猫，在这片阴影之中犹豫了十几秒。

他都已经说得那么清楚明白了，自己再不答应仿佛显得自己心虚，她这样安慰自己。

最后，她咬了咬牙，抱着小猫一起进了浴室。

跟猫一起共浴，是陆予城生平第一遭体验。

他光着上半身，下半身的浴巾并没有解掉，而小猫也被姜百思强行让他抱着趴在他惹眼的腰间。

年仅几个月的小猫咪十分乖巧，承受了它几个月猫生不该承受的重任。

但姜百思倒是庆幸有猫咪作为遮掩挡在他腰间，不然，她真的眼睛都不知道该往哪儿看。

但饶是如此，帮陆予城冲洗完上半身，姜百思的脸还是红得像熟透的虾。

“接……接下来，你……你自己洗吧。”该死，为什么要结巴？

姜百思简直想咬掉自己的舌头！

陆予城挑了挑眉：“洗到一半就不干了？”

姜百思将小猫抱在怀，眼神根本没往他身上落，只看着雾蒙蒙一片的镜子：“上半身洗完了就确保你的手不会溅湿了，接下来你自己小心着点就可以了。”她竭力镇定地说完。

“可是……”陆予城看着她。

可她根本没给他说完的机会，抱着小猫逃也似的逃出了浴室。

一定是被水蒸气熏的，自己的脸才会那么热！

徒留浴室内的陆予城喃喃地补充完下半句：“你的衣服全都淋湿了啊……”

几乎是姜百思刚刚从浴室逃出的那一刻，大门被人从外面推开，而后是季小蕾那咋咋呼呼的声音：“老大，我们敲了半天门没反应，我们直接找了你搁在门口地毯下的备用钥匙开进……”

随后她未说完的话音突兀地卡在了喉咙里，整个身体僵住在玄关，而跟在她身后的一串人猝不及防她突然刹车一般地停住，一个接一个撞到了前一人的后背。

在姜百思的视线和众人的视线对上的一瞬间，所有人都像是雕塑一般定在原地。

浑身湿透的单薄衬衣，隐约显露的姣好曲线，似桃花一般透着粉晕的脸庞，像一汪池水般泛着水光的眼瞳，以及……将关未关的浴室门内隐约的淅沥沥的水声。

季小蕾：我看到了什么？

严飞：我为什么在这儿？

何眉：不是说陆予城那家伙手指被割伤了？

纪庭方：按我教的方法来果然进展神速！

一帮人精彩万分的面部表情已经泄露了他们脑补了怎样的剧情。

姜百思几乎是着急得连声调都变了：“你们听我说……”

然而根本没人预备听她说话。

几乎是在同一时间所有人都掉头往外走去。

“我突然想起我好像有事来着。”

“啊对，我也突然想起来我也有事。”

“这样的话我来帮忙吧。”

姜百思根本连阻止都来不及，一帮人跑得比兔子还快，等她追到门外，人早就不见了踪影。

她几乎都能想到明天再相见会是怎样尴尬的局面。

她简直欲哭无泪。

而肇事者倒是慢悠悠地终于从浴室出来，对着姜百思问道：“刚才我好像听到季小蕾他们的声音了，怎么，他们走了？”

姜百思气急：“原来你知道来人了啊？你怎么不出来解释一下？”

陆予城擦头发的动作停顿了一下，随后勾起一声戏弄一般的笑：“你确定我出来之后能解释得清楚？”

听陆予城这样说，姜百思的视线落在了他的身体上。裸露的上身更衬得他的肩平且宽，肌肉的线条流畅地从腹部一路延伸而下，被松垮垮系在腰间的浴巾所阻挡，引人无限遐想。

姜百思扶了扶额，如果他这副样子出来，那帮人的联想只怕更加不受控制！

“那现在该怎么办？”她一副无限苦恼的模样。

陆予城其实根本不在乎别人怎么想，甚至在刚才当他听到外面有人时，还特意将浴室的水声弄得更响更引人遐想。

但看姜百思这样一副困扰的模样，他只能装模作样地陪着思考对策：“明天我跟他们解释解释？”

“怕就怕我们根本没有解释的机会。”姜百思担忧地叹了口气。

“明天的事情明天想。比起那个，你现在最好还是先去洗个澡。”陆予城从出来之后，视线就没法从她身上绕开。

偏偏她还一副无知无觉的模样：“怎么了？”

“你全身衣服都湿了。”他言简意赅。

停了数秒，他又说：“而且，他们会脑补剧情你这一身衣服也是功不可没……”

姜百思低头看向自己的衣服，早秋的衬衣单薄，被水溅湿之后里面的衣物若隐若现，偏偏她穿的还是白色的衬衣，更显透明。

她的脸登时热了起来，她早上为什么贪图简单随便搭了件白衬衣啊！

她像是兔子一样跑进了浴室，门被“哐”一下关上，陆予城只听到门后传来她瓮声瓮气的控诉声："你为什么不早告诉我？"

他一副无奈至极又无辜至极的模样："你之前跑得太快，我根本没时间跟你讲啊。"

如果这地面不是铺了地砖，姜百思一定会毫不犹豫徒手在地上刨个坑把自己埋进去的！

真的真的太丢人了！

敦煌艺术展很快就开展了。

赖以冠先生还特地邀请了姜百思和陆予城去参加他们的开幕展。

时隔十二年，姜百思再次回到曾经跟母亲生活过的这片土地。

漫漫黄沙，风吹沙走，时间的刻度仿佛都在这片土地上变得缓慢起来。

展览放在艺博园里，飞机一落地，他们便被一位姓郭的赖以冠先生的助手接走。

因为姜念容作品的布展顺序还需要做最后调整，姜百思被请去展厅做指导，陆予城则表示要四处看看，晃悠着走了。

这么多年了，母亲的画终于重新回归到了这片土地之上，并且是放在这样高规格的博览会上。

郭助手是刚从兰州大学博物馆学专业毕业的小姑娘，圆圆的脸，很可爱。

她神神秘秘地跟姜百思说："跟你一起来的，是你男朋友吧？长得真帅气。"

姜百思连忙摆手。

郭助手一脸不信的样子：“不用害羞，我懂的。你男朋友对你好好，特地找了戴恩先生打电话给赖老师说了你母亲的故事，然后我们赖老师才亲自来邀请的……”

那小姑娘还在絮絮叨叨地说着，姜百思却像是什么都听不见了。

原来如此。

怪不得她疑惑明明在她的印象中母亲并不认识这位赖先生，但看老先生一副言之凿凿的模样，她心头涌现的半分疑惑被轻而易举湮灭，取而代之的是欢欣和雀跃。

却原来，一切都是因为陆予城。

“姜小姐？”郭助手那张圆圆的脸在姜百思的眼前晃，随后对方又冲着门口招招手，“陆先生，你女朋友在这儿！”

陆予城含着笑，打趣地看着小姑娘：“可别这么乱拉关系，不然要惹这位小姐不高兴的。”

郭助手一脸惊讶：“你们真的不是男女朋友？”

仿佛才意识过来自己闹了个乌龙，小姑娘捂着嘴，怯生生地退开了。

陆予城还不知道她已经知道了一切，依旧是平常模样的调笑：“那丫头比你小不了多少，你看看你自己，可比她老气横秋多了。”

没有收到预料中的回应，他看向她：“怎么了？”

她心乱如麻。

该问他为什么要这样帮她却不让她知道？

还是像从前无数次那样驾轻就熟地当作什么都不知道，退回到那条安全的分界线之后？

那种心慌的感觉来得毫无来由，就像陆予城在那无数镜面反射的镜像里吻住她时，她失控的心跳声。

扑通扑通，敲击着她的神经，拉扯着她的理智。

她的心像遥遥飞在天上的风筝，不知道那根线扯断之后会飞往哪里。

她的唇动了动。

然而她并没能说出话来。

就在此时，一帮人拥进了展厅，姜百思转头望过去，身体不可抑制地僵在了那里。

这是她时隔一年之后重新见到顾景兰。

她就算坐在轮椅上，依旧维持着她精致的容貌。

展览的主办方以及赖以冠陪着她一起进来。

顾景兰看到姜百思，似乎是轻蔑地笑了笑，但那笑转瞬即逝，随即她转头同赖以冠身边的官方负责人模样的人说道：“祝馆长会不会嫌我冒昧过来？”

那位祝馆长笑道：“哪里的话，你设的景兰绘画慈善基金可是为西部儿童带来了很多福音。我几次都想邀请你来，想到你身体不适合舟车劳顿就作罢。”

顾景兰笑道：“我也是路过，顺道过来看看。”她话音一顿，“只不过……”

祝馆长见她话语凝滞，问道：“是这个展览有什么问题？”

顾景兰皱了皱眉头，指了指被挂在墙面上的属于姜念容的敦煌壁画等比例的临摹画：“祝馆长可能不知道，这位叫姜念容的画者，就是当年抄袭我的画的那个人。在这样规格的展览上展出她的作品，恐怕不太合适。”

听到她这话，祝馆长愣了愣，随后责备地看了赖以冠一眼，似是怪他对作者资格审核没有做到位。

赖以冠正要说什么，就听到一道带着怒意的喊声：“顾景兰，你卑鄙！你明明说过，只要我认下了抄袭韩清如策展概念的罪名，你就会为我母亲澄清的！”

顾景兰看着姜百思，在众人面前，她和蔼如一位长者对待一位不懂事的小辈：“现在的小孩子，真是的，抄袭就是客观存在的事实，怎么能用来当作什么交易呢？我也不可能会答应你这样荒唐的要求。在圈内我的羽毛我是最爱惜的，大家也都知道我，对于抄袭一贯是零容忍的。”

又是这样，将黑的说成白的，将无辜者泼满脏污，再将恶行者洗白成圣人。姜百思觉得浑身发抖，仿佛又回到了一年前那个雨夜。

直到一只手搭在了她的肩头，她回过头，看到了陆予城那张好看的脸。

不，或许，还是和那个雨夜有所不同的。

这一次，她的身边还有一个人在。

陆予城掀起眼皮，嘲讽一般望着顾景兰：“韩夫人也算是国内有名的女画家了，应该很清楚每一位画者的笔触运用是根深蒂固的，即便画的不同题材，但笔迹大多改不了。今天正好，祝馆长和赖老都是国内书画鉴定的专家，不如让他们看看这位姜念容究竟抄袭了你哪里？”

顾景兰眼中闪过一道光，她轻轻地笑了起来，像是笑他幼稚。

随即她一个眼神示意，身旁的助手便将一张纸拿出来在众人面前展开。这张纸一看就有些年头了，姜百思只看了一眼，身体像是被一记重锤击中，几乎要站立不住。

陆予城的手臂收紧，将脸色苍白的姜百思揽在胸前，他定睛看去，终于看清了那张纸的内容。

那是一份悔过书。

“这是当年姜念容写给我的悔过书，那里面言明了她承认抄袭罪行，发誓从此不会再出现在我的面前，也不会再涉足当代艺术创作。所以她才来到了敦煌。并不是为了什么伟大的理由，只是为了赎罪罢了。”

撒谎！撒谎！她在撒谎！

姜百思浑身都抑制不住地颤抖着，随后就听到一直揽着她支撑着她身体的陆予城从鼻腔逸出一丝冷笑：“你该不会认为，就凭这么一张不知道真假的东西就能蒙混过去吧？”

说完，他伸手将那张纸抽了过来。

那位助手显然没料到他敢众目睽睽之下抢东西，等反应过来的时候东西已经被他三两下撕个稀碎。

“韩夫人，我这个人呢，就比较固执，这种死无对证的东西在我这儿没什么效用，我想要看实际一点的，笔迹鉴定，你敢吗？”他嘴角含笑，睥睨着顾景兰。

顾景兰那无懈可击的笑脸仿佛终于出现了一丝裂缝，她看着陆予城，笑道：“我有什么不敢的？只是你撕得了这张纸，撕不掉这抄袭的事实。只不过事情都过去那么多年了，我也不想再追着不放。”

陆予城这时候不得不佩服这女人，都到了这地步了，她依旧能占据着道德制高点侃侃而谈。

顾景兰顿了顿，又转过头对祝馆长说：“敦煌博览会是规格很高的展会，我相信祝馆长心里有数，启用有抄袭案底的人的作品，恐怕不太合适吧？”

看到祝馆长脸上如预料之中一样露出了迟疑的神态，她轻轻笑了笑，满意地离开。

而她离开之后，祝馆长则是略带歉疚地看着姜百思：“不好意思，姜小姐，希望你能理解，因为可能存在舆论风险，我暂时需要撤下你母亲的作品。”

陆予城找不到姜百思了。

姜念容的画被撤下之后，他将她送回酒店休息，他出去给她买吃的。结果一回来，她就不在房间了。

他不知道她会去哪里。敦煌是她整个少女时代的记忆，而他，从来未曾参与过她过往的人生。他一直以为，他已经十分了解她，直到这个时候他才意识到，他对她的一切，所知甚少，远远不够。

他在敦煌的大街上找了很久。敦煌的天比南方的天要暗得更晚一些，已经七点多了，天光还是亮的。再晚一点，天就要完全暗下去了，而她在哪里？他却找不到。

街头人来人往，他停在那里，挣扎一般看着手里的手机。几分钟之后，他拨通了一串号码。

“阿城。”顾衍的声音意外地也带着同样的急切，“是不是姜百思出事了？”

看起来今天发生的一切，顾衍已经知道了。

“她不见了。”

“我人已经到敦煌了，马上过来。”幸而顾衍对顾景兰还是足够了解，在她动身来这边的时候，就计划好乘坐下一班飞机赶来。

陆予城愣了一下，他没想到顾衍竟然亲自跑了过来。

“你知道她会去哪里吗？”

顾衍在那头顿了顿，似乎是在思索。

“她可能会去两个地方，一个是她母亲曾经的工作室，还有一个是她们曾经住过的住处。我们分头去找。”

因为陆予城对当地地形不熟，他去了相对比较好找的工作室。现在那里已经改成了博物馆的一部分，他在那里并没有找到姜百思。

他打电话给顾衍，电话响了很久，并没有人接。

如果顾衍没找到人，一定会联系自己。

而现在，很明显……

暮色四合，月亮已经渐渐地爬了上来，戈壁上的天似乎显得更高一些，月光亮堂地洒下来，他站在那水银一般的月色底下，突然暴躁地踢了路边的石头一脚。

顾衍的确找到了姜百思。

她安静地窝在十几年前她和她母亲住过的地方，这幢老旧的居民楼也即将要被拆掉，成为滚滚历史洪流中逝去的符号。

她看到顾衍，其实是有一瞬间的惊讶的。

“对不起，我没有及时赶过来。我明明潜意识里觉得放心不下，可我还是大意了。”顾衍走上前，想拉一拉姜百思的手。

她不着痕迹地躲开了：“我没事的。只是想一个人静静。”

她还是像小时候一样，不开心了就在沙发上小小地缩成一团，尖尖的下巴搁在屈起的腿上，脂粉未施的脸在月光下，仿佛还是那个十七岁的女孩。

不，还是有不一样的。

那时候的她，会因为被韩清如欺负，安静地找了地方躲起来，在他找到她的时候，她会哭着抱住他倾诉委屈。

而如今，她却刻意地疏远自己，明明近在眼前，却又是那样遥不可及。

“你怎么来了？”

“陆予城给我打电话，说你不见了。”

姜百思似乎是愣了一下：“我在房间给他留了字条。”

随即想到依着陆予城的脾气，怕是没那个耐心看到字条就跑出来找她了吧，说起来，他一贯是没什么耐心的。

“我给陆予城打个电话让他别担心……”姜百思拿出手机才发现手机早已没电。

她恍然笑了笑，怪不得陆予城慌不择路地联系了顾衍。

不知道为什么，虽然有些自恋，但她第一个念头竟然是陆予城此时或许很担心吧。

这样想着，她站了起来，看了看窗外的月亮：“那家伙此刻怕是急坏了，我们回去吧……”

而她的手却被忽然攥住。

“姜百思，你食言了。待在陆予城身边，你根本没有办法只当他是个合作伙伴，是不是？”

有一瞬间整个空间都显得很安静。

姜百思只能听到自己的心跳声，以及轻轻的叹息声。

真的遗憾，理智告诉她，和陆予城的合作最好不要掺杂别的个人情感，可是啊，理智原本就是个不受人控制的东西。

顾衍将姜百思送回来的时候，已经过了一个多小时。

在陆予城阴恻恻的注视下，自觉理亏的姜百思说着先去休息就溜走了。

两个男人在酒店的大堂就这样对峙着。

“谢谢你送她回来。”陆予城说道。

顾衍勾起唇：“你以什么身份谢我？烙印在她整个青春时代里的人，是我。”

“至少她现在选择待在我身边。”陆予城挑眉。

顾衍却挑衅一般看着他：“那她又是以什么身份待在你身边呢？合作伙伴？你别忘了，从一开始她就只是以合作为前提才答应留下来，而她的心就不是了。”

陆予城的拳捏紧，手背青筋凸起，随后又松开。他故作一派轻松又势在必得的样子：“那又如何？只要她人在我这里，迟早她的心也是我的。”

顾衍轻轻笑了笑，没再说什么，踱着步离开了。

陆予城看着他悠然闲适的背影，微微眯了眯眼。

姜百思刚进了房间脱了外套，就听到门外那位在疯狂砸门。

实在是觉得影响到隔壁休息太没公德，她忍无可忍地开了门。

“你有气明天再撒……”

她的话并没有能够说完。

几乎是在她开门的一瞬间，陆予城就将她往后一推，而门被他用脚重重地带上，在“砰”的关门声中，姜百思被他压在了玄关的墙壁上。他的头埋在她颈间的长发上，声音低哑：“知错了吗？”

玄关的墙壁上正好嵌着一面巨大的落地穿衣镜，清晰地倒映出他们交叠的身影。

为什么又是在这种情况下让她看到镜子？

姜百思真的有些哭笑不得。

像是察觉到她的走神，陆予城眯了眯眼，牙尖轻轻咬了一下她的肩。

姜百思几乎算是讨饶了：“我错了，不该一个人跑出去让你担心。可是我真的给你留字条了。”

她不知道他对她的答案是否满意，半天得不到他的回答。

良久，他抬眼眸色深深地看着她：“既然知道错了，按照合约，就该接受惩罚。”

姜百思几乎是立刻明白了他话里的意思：“你明明答应过不再那样……对我……”

越说到后面，她的声音越低。

他像是轻轻地笑了：“我答应过吗？”

姜百思一愣，老奸巨猾的家伙，他当时的确没做正面回答！

趁着她失神的一瞬，陆予城的唇一路进攻，从她宽松打底衫露出的肩头一路吻至她的颈后。

姜百思急得重重踹了他一脚。

或许是吃痛，他松开了她。

姜百思在镜子中看到了自己红得快滴出血的脸，也不知是气的还是因为别的。

“陆予城，你干吗？”

他却是气定神闲地看着她：“姜百思，你这么聪明，你别告诉我你看不出来我在干吗。”

姜百思没料到他说这话，像是被当场反将一军，半天才反应过来：“可你不是说……”

“说我不喜欢你，你信吗？”他斜斜靠在那里，眉目都晕着一股邪气，伸手将她鬓边的碎发别到耳后，问出的话却一句比一句让她难以招架，“你明明不信的，但你为什么装作信了？”

因为她的理智告诉她当合作关系掺杂了别的情愫时，她应该选择离开。而她潜意识里，根本拒绝这样的选项。

所以她只能选择装作相信了他的话。

喜欢一个人，怎么可能会隐瞒得住呢？

他高大的身躯重新靠了过来，头顶的廊灯照下来，将他的影子罩在她的身体之上。

他靠在她的耳边，近乎呢喃一般：“既然你选择留了下来，那么，我就不会给你机会再逃跑。”

这是个绵长而温柔的吻。

不同于第一次的蜻蜓点水，也不同于第二次的狂风骤雨，这是一个流风飞絮一般的绵长而温柔的吻。

她的睫毛像蝶一般轻轻颤动着，她的动作带着微微的推拒，但皆被他一一化解。

她又想起了瑞瑞的话，喜欢就靠近一些，不喜欢就远离一些。

她一直试图在同自己的心做抵抗，她每天无数次告诫自己不能喜欢上他。

可是，人心就是这样奇怪，越是抵抗，越是沉沦。

同自己的真心做抵抗，是天底下最累人的事。

她累了，不想抵抗了。

陆予城重新制订了一份合约，一份奇怪的合约，《恋人要做的一百件事》。

姜百思从来没觉得陆予城竟然是这么幼稚的人。

这一百件事打印了足足四张 A4 纸。

她粗略地看了看，发现有几行已经被记号笔画掉。

她不解：“画掉的是什么意思？”

他看了她一眼：“就是已经做过了的事。”

待她仔细看清画掉的是什么时，脸突然就红到了脖子根。

被画掉的几条分别是：一起养一只猫，一起为猫洗澡，一起看一场画展，一起接一个难忘的吻。其中最后一条被画掉之后还用黑色记号笔在文字后面写了个“三次”，而看画展的那一条则被他备注着：一起策划了一场画展，也算达成了。

她想了想，突然像是反应过来了：“你这个东西是什么时候准备的？”

他目光灼灼：“纪庭方同之前那份合约一起塞给我的。”

姜百思：“……”

是该让何眉好好管管那个人了！

怪不得她总奇怪陆予城并不是那么幼稚的人，怎么学得像个幼稚的高中生。

陆予城拉过她，脸上又露出那种欠嗖嗖的表情：“要不顺便把倒数第二条做了吧？”

姜百思翻过去一看，一起在同一张床上醒来。

她狠狠瞪了他一眼，踢他一脚，催他回他自己房间。

陆予城故作失落的样子。

姜百思指了指第十二条：“明天一起去看一场绚烂的日落吧。”

看日落的点就近选在了鸣沙山。

因为刚刚过了暑假高峰期，鸣沙山景区的游客并不十分多，而坚持在沙山顶等待落日的，除了几位摄影爱好者，游客寥寥。

所以他们得以安静地享受了一场此生最难忘的大漠落日景象。

敦煌的天暗得很晚，月亮等不及太阳落山便已挂在天角。落日将天边染成一片橙红色，近乎水平照射的落日余晖将沙丘分割成了分明的明暗交界面。短短十分钟之后，太阳已经落下去，天空还带着余晖的橙红，而脚下的这片古老沙漠，已经沉入了黑暗，恍若一片幻境。

身边的摄影师有人问他们怎么不拍照，姜百思摇了摇头，这样的景色，留存在记忆里才更难忘。

天暗下来，漫天的星子亮了起来。

姜百思仰着脖子，看着头顶的银河从东南方向的船尾座一路向西北延伸至仙后座。

“可惜了，11 月的星空已经进入了冬季银河时期，夜空中指向的是银河的旋臂方向，不如夏季银河正对银心时漫天星子的壮观阔美。”她有些遗憾地叹口气。

陆予城则是含笑看着她，眼睛里盛着星辰细碎的光芒。

“如果你觉得遗憾，我们夏天再一起过来看星星。”

姜百思回望着陆予城，轻轻点了点头。

她半生都是在颠沛流离中度过，朋友也少，很少有这样相约着下一年度出游的计划。而现在看着他，她只觉得一颗漂泊的心仿佛奇妙地安定了下来。

陆予城没来过敦煌，原本他们打算在这儿玩几天再回去，然而计划却被一通意外的电话打断了。

那通电话是韩令远打来的。

挂完电话，姜百思看到陆予城的神情都不太对了，轻声问他：“怎么了？”

他的脸上带着几分茫然的慌乱：“外公他……在医院不太

好了。”

韩礼章是在书房里倒下的。

自从他五年前做了心脏搭桥手术，身体越来越不如从前，基本上就把韩盛集团交给了韩令远来打理。这次是知道了韩令远联合艺华在书画拍卖上虚假炒作的事，一时急火攻心，犯了病。

陆予城赶到医院的时候，老爷子是这两天里第二次下了病危通知，正在急救室抢救。

陆予城对这位外公的感情是复杂而矛盾的。

因为当初韩礼章坚决反对他的父母在一起而致使母亲出走远离故乡，陆予城从小对这位外公并不亲近。他还记得他第一次听母亲说他还有一位外公时的惊奇。母亲说外公因为喜欢这位小外孙，对她当年忤逆他的气也消了，希望她带着小外孙回去团聚。结果，父母就在回去的路上出事了。

在父母出事之后，他更加对外公有种怨恨。如果外公足够通情达理，他的母亲就不必离开故土，也不会在回故土的路上出车祸。

女儿过世之后，韩礼章将全部的愧疚之心都倾注到这位唯一的外孙身上。因为陆予城不想回国，他就每年亲自飞去伦敦找陆予城。他像大多数老人一样小心翼翼地表现出对小辈的关心，陆予城开始还拒绝他飞过来，后来慢慢发现拒绝也没用，就开始逐渐使用无视的策略对待这位老人。

当他整理父亲遗物的时候发现了那个令他无法接受的秘密，他彻底封闭了心房，没有告知任何人，他就离开了伦敦。听说韩礼章这两年一直在找他，只是他心中的结一直未解开，还不想见到这唯一的亲人。

而现在，韩礼章竟然就躺在医院里。

陆予城一直觉得自己对外公并没有多少感情，但是现在，手术室刺眼的红灯亮着，他的手掌心竟然微微出了汗。

随后他的手被一双细细小小的手握住了，是姜百思那双纤细却带着暖意的手。

在医院空空的走廊里，他轻轻地回握住她的手。

而在走廊的另一头，顾衍看着他们交握的手，怔怔地失神。

一旁的韩清如，则是冷眼看着这一切。这样也好，姜百思那个贱人再也不会将顾衍抢走了。

手术室的灯熄灭，门被打开，韩老爷子的病床终于被推了出来。

医生拉下口罩，说道："病人已经脱离危险，现在最重要的是需要休息。"

韩礼章的手却虚弱地指了指陆予城，示意有话要说。

医生轻轻笑了："看来是迫不及待想跟外孙说说话了。要注意别让老爷子说太多话。"

陆予城觉得自己的身体像是僵硬一般，他慢慢地俯身到韩礼章床前。他好像从未发现，原来韩礼章已经这么老了，头发灰白，形如槁木，唯有眼神还带着几分清明。

刚刚死里逃生，韩礼章其实还很虚弱，并没有什么力气说话，但他强撑着气息，吃力地说了几个字："新馆落成，由你……担任馆长……"

陆予城还未怎么反应过来，走廊角落里始终安静立着的一位西装革履的年轻人开口了："我受韩礼章先生委托，宣读一下蕉叶美术馆新馆落成之后的馆长人选认命：由陆予城先生出任新美术馆的馆长。"

蕉叶美术馆是韩盛集团新落成的美术馆，而韩礼章力排众议起用年轻的外孙当馆长，集团股东不是没有意见的。但老爷子手段向来雷厉风行，他决定了的事，没有人能够改变。

"这个美术馆是按着你母亲当初的构想设计的，可惜的是，她却看不到了。现在，我把它交给你。"短短的一句话，韩礼章说得气喘吁吁。

随后，护士过来提醒他不能说太多话，需要多休息。

韩令远则是一副伪装和善的模样拍了拍陆予城的肩，意味深长地说："老爷子还是很看重你的，蕉叶美术馆可比你那个小画廊高级多了。"

陆予城将肩膀从韩令远手中抽出，并不打算搭理他。

韩令远也不恼，转身走到姜百思身前站定，仿佛是不知道该说什么的样子，最后只是轻轻叹了口气："回来了就好，之前你受委屈了。"

他果然是知道的。对于这一年来她所受的一切刁难，他果然是知道的。然而为了达到他自己的目的，她也是可以被忽略和牺牲的。

姜百思一直想，这么多年，她在这个人眼中到底算什么呢？是他年轻时对母亲亏欠的弥补？但如果她也威胁到了他的身份和地位，他也可以毫不犹豫地将她丢弃。

多年前对母亲是这样，一年前对她也是这样，现在对她更是这样。

她本不该有什么奢望的。

以如此年轻资历出任新落成的蕉叶美术馆首任馆长，对陆予城自然是很多人不服的。

“不要理那些乱七八糟的反对声，不管怎么样，我都站在你这边。”姜百思看陆予城情绪低落，柔声开解。

陆予城却忽然像是笑了，他一笑脸上的痞气和邪气就出来了，像从前一样让人觉得他欠揍。他呵一口气在她耳边：“我没想到我们姜主管说起情话来，这么轻车熟路信手拈来啊，从前还真是小瞧了你呢。”

姜百思又忍不住红了脸。

她真的是太大意了！这个家伙怎么会是将旁人的看法放在心上的人呢？他只不过是在借机逗自己玩罢了！

见姜百思翻脸要走，陆予城伸手拉住了她。

他的脸埋进她的发间，轻嗅着她身上的气息，真奇怪，那仿佛真有种魔力，会让人不由自主地安下心。

他的声音闷闷的：“别生气，我内心其实并不如你想的那样强大……现在谁都可以离开我，只有你不可以……”

姜百思的心不知道为什么忽然软了下来，这个男人啊，平常强硬得像个暴君，此刻却像个小孩子一样。

她忍不住伸出手，摸摸了他的头发。

蕉叶美术馆主展厅的回廊之下，顾衍站在一丛树影里，不知道他是什么时候站在那里，也不知道已经站了多久，他看着相拥在一起的这对身影，手紧紧地攥成拳。

Chapter 09
她是最珍贵的至宝

“抱歉，没有谁会拿自己至爱的珍宝做交易。”

12 月底，“牡丹亭外人”完美收官。

是夜，Y.U 画廊的各位再一次集合在陆予城公寓的天台上狂欢。

“庆祝老大从我们这小画廊老板，升级成了大美术馆馆长！”季小蕾举杯。

“庆祝‘牡丹亭外人’圆满收官！”严飞附和。

“庆祝何眉和纪庭方破镜重圆！”纪庭方突然开口。

大家愣了一秒，皆用惊喜的眼神看着两人。

姜百思看到何眉红着脸打了纪庭方一下：“会一个成语都不知道怎么显摆好了。”

大家哈哈大笑起来。老吴那烟嗓忽然插了进来：“那也庆祝一下你们老板成功拐到了老板娘。”

这一下大家愣的时间长了点。

自回来之后，姜百思和陆予城还来不及跟大家宣布这件事。

姜百思以为大家会很惊讶，结果大家的震惊程度竟然还不如对上一条消息的反应。大家愣怔的原因竟然是因为——

“不是吧，老吴，你才知道我们老板想拐姜姜姐吗？”

老吴有被冒犯到，明明他才是第一个当面戳穿陆予城心思的人，现在怎么反而成了他是最迟钝的那个了？

“老大对姜姜姐的心思就差赤裸裸地写在脸上了好吗？可怜我们员工每天都要辛苦装瞎。”季小蕾差点声泪俱下。

“基本上，老大喜欢姜姜姐这件事，除了当事人，所有人都看出来了。”

陆予城眸中含笑，将姜百思轻轻揽住，满脸得意：“没错，对她，我本来就蓄谋已久。”

在众人的嬉笑声中，姜百思的脸红了红。

“你什么时候开始喜欢我的？”在聚会结束众人离开之后，姜百思如是问。

脚边，小猫安静地踱步过来，乖巧地窝在她脚下。

她弯腰轻轻将它抱起，爱怜地亲了亲它。

陆予城看着她这一串动作，眸中含着温柔的光：“如果我说，从第一次见面时我就见色起意了呢？”

姜百思似乎没想到是这样的，她愣了愣。而就在她愣怔的工夫，一串泛着银光的项链被人温柔地戴上了她细长的脖颈，而项链的挂坠，不同于其他任何的首饰，而是一枚泛着光芒的钻戒。

“纪庭方告诉我，送女人的第一份礼物千万不要是戒指，因为会给人无形的压力，将人吓跑。”

姜百思睁圆了眼，心跳忽然快了起来。

他看着她，眸光沉沉：“他告诉我，先爱上的人注定吃亏。但我想告诉你，我愿意等，等你对我的爱一点点追赶上我的。等到那个时候，请允许我将它套在你的手上。现在，这只是一条普通的项链。”

胸腔里一颗心悠悠荡荡的，她不知道自己这是松了一口气，还是因为别的。

从这一晚起，他们终于像是正常的一对情侣开始生活。

他会在她生理期时体贴地为她熬上一锅小米粥，也会为她到生活超市厚着脸皮去卫生巾专卖架上挑选尺寸。

“你说的是哪个牌子来着？尺寸对了还得注意材质？嗯……好，我记一下……”手长脚长的男人蹲在货架下，眼神一个一个核对，左手则握着手机，温柔地说着话。

多么神奇，这么一位浑身带着戾气的大魔王，竟然也有一天被爱俘虏，完全变成了另外一个人。

秦斯颖站在几步之遥，推着购物车，很想牵起一抹笑，但肌肉和神经皆不配合，她笑不出来。

看到陆予城挂了电话依旧在纠结究竟要买哪一款，她轻轻叹了口气，伸出了手帮他从货架上挑了一款。

“这安心裤是L型的，姜百思那家伙腰细腿细，选M型的就够了。”

然后她就看到那个男人转过脸来，看到她，愣了一下。

她苦笑了一声：“不好意思，我应该看到你就绕道走的，但实在看你挑来挑去挑花眼了，就帮你一把。”

“谢了。”陆予城扬扬眉。

秦斯颖看着他手上握着的购物清单，笑了一声：“看起来，你总算是夙愿得偿，抱得佳人归了。之前的事，不好意思了。”

陆予城脸上没什么情绪：“只要以后你别想着伤害姜百思，从前的事我就不追究了。”

看，不论是开始还是现在，他心里，始终将她放在第一位。

秦斯颖没再说什么，推着车转身离开了。

陆予城带着一大袋生理期必需用品回来，姜百思检查了一下，挑了挑眉："很不错嘛，竟然都没买错。"

现女友的生理期用品是前女友帮着挑的，这件事陆予城怎么想怎么觉得怪怪的，但不说又好像显得他心虚，于是他斟酌着词句："秦斯颖刚好路过，就帮着我挑了一点。"

姜百思的手微微凝滞，随即展颜笑起来："怪不得一样儿都没买错，得亏她帮忙了。"

陆予城原本是坦坦荡荡没有多想的，但看她一副丝毫不在意的样子，不知道为什么心里有点过不去："你不吃醋？"

"嗯？吃什么醋？"姜百思抬眸，笑了起来，"你们的事我又不是不清楚，况且我也不是那么小气的人嘛。"

再说下去，陆予城觉得自己反倒成了那个小气的人了。

他叹了一口气。

算了，来日方长。

看着陆予城忽然拧着眉提了东西去归置的背影，姜百思愣了愣，他这是突然不高兴了？

而陆予城回了房间，拿出那几张打印在纸上的《恋人要做的一百件事》。其中第四十九条被圈了起来，哄一哄吃醋的女朋友。

他的女朋友不会吃醋，也根本不需要哄。

打电话跟好友聊起来的时候，姜百思不懂，男朋友为什么翻脸比女朋友还快。

何眉用自己丰富的经验教训她："千万别在男朋友面前说你不吃醋，那说明你根本不在乎人家。"

姜百思蹙了蹙眉："我当然是在乎的啊，可是也不能仗着在乎就为所欲为，要不他现在喜欢我，纵容我，以后要是不喜欢我了，那不就成了作了？"

何眉想了想，好像也有道理。

纪庭方在一边却是听得心惊肉跳："两位姑奶奶快结束这话题吧，陆予城要是听到你这话不得气死！"

姜百思不解："为什么？"

纪庭方扶额叹息："男人想着是跟你走到底，你倒好，早就做好了半路分道扬镳的准备，搁你你不生气？"

姜百思觉得冤枉："万事万物没有绝对的啊。他现在觉得很喜欢我，不代表会一直这么喜欢我。他对我真的很好，好得常常让我觉得无以为报。我不想无理取闹故意为难他。"

姜百思从小受过的关心和呵护微末而稀少，所以谁对她好的时候，她真的恨不能掏出一颗心去回报他。

陆予城真的觉得自己没有办法了。

他该如何告诉她，爱情当中本就不需要回报。

他不知道该如何让这个女人相信，他坚信自己可以喜欢她到头发花白，到进入坟墓。然而她不这么认为。

她根本不相信他对她的爱。

纪庭方安慰说："姜百思的生长环境注定了她很难彻底依赖一个人，你想想若是她当初全身心依赖顾衍，一年前事情发生时还不得伤心得去掉半条命啊？”

顾衍……

一听到这个名字和姜百思摆在一起，陆予城就觉得心里有刺横亘，偏偏她倒好，对于他的前女友却是毫无感觉。

他甚至还没法发作，因为害怕她会更加退缩。

而姜百思此刻则是钻进画室里，对着满画室的画作不知道在研究什么。

如果陆予城的心结在他父母的故事上的话，她唯一可以探寻的，便是掩藏在画家笔下的情意。

陆予城的父亲，陆倾，是个充满才华却并不算得志的画家。艺术欣赏是一门冥冥之中被时代命运所裹挟的学问，往往缺一个机遇，人生际遇便会完全不同。他也曾有满腹的野心和抱负，因此当韩令远将机会摆在他面前，让他去接近韩礼章的亲生女儿韩苏影，离间他们父女关系时，他虽然犹豫了一会儿，但还是没有抵抗住诱惑，答应了。

姜百思猜陆倾一定长得很不错，看陆予城眉眼生得这么好看，大抵就是承继于他的父亲。所以她能够理解韩苏影几乎没有什么障碍地就喜欢上了这个落魄画家。而后就是如计划中一样，因为韩礼章的反对，韩苏影跟父亲绝裂了，决绝地与陆倾离开了故土。

但那之后呢？如果陆倾真的如计划中一般，他应该抛妻弃子，回来接受韩令远曾承诺给他的一切，而不是在伦敦阴暗逼仄的地下室画着廉价的画，以养活自己娇弱却倔强的妻子和自己刚刚出生的儿子。

他的作品，大多是关于自己的妻子。妻子在花园浇花，妻子在灯下缝补衣物，甚至妻子低头解着围兜的绳结，都能成为他笔下的题材。

她不相信，这些经年累月的作品，全是虚伪的欺骗。

她轻轻地抚摩过画布上颜料堆积起粗糙的触感，突然发现在画布上极不起眼的一个角落，仿佛隐约写着几个字。

姜百思对着光照了良久，发现写的内容是：致卿卿吾爱。

她眸光微闪，随即将余下的画作全部一张张摊开在地上，去寻找同样的痕迹。

陆予城半夜起来喝水，无意间看到姜百思房门大开，人却并不在床上。

他心里一惊，随后看到属于她的东西全都安安静静待在原来的位置，如释重负地松了一口气。

反应过来刚才自己在害怕什么时，他忍不住自嘲地勾了勾唇。

刚才的一瞬，他竟然在害怕姜百思离开。这到底是怎样一段恋情啊，明明互相都在努力对对方好，为何却各自都对对方那样没有信心？

小猫低声叫着蹭在陆予城脚边。他弯腰将小猫抱起来，轻轻抚着它的毛，低声问：“你姜姜姐姐呢？”

小猫自然是听不懂人话的，继续无辜地叫着。

突然，阁楼上传来一阵轻微的响动，陆予城抱着小猫，朝着阁楼走去。

他推开门，就看到屋内原本堆放着的油画被整齐地摆在地板上，而姜百思则是趴在地板上，正聚精会神地研究着什么，认真到甚至都没察觉他的进来。

小猫轻轻地低叫了一声，姜百思顺着声音朝陆予城望过来，那一双眸中波光熠熠，像是倒映着一汪湖泊，此刻那湖泊的波心漾出震荡的涟漪。

“陆予城，你错怪你父亲了。”

小猫忽然从陆予城手中跳下去，团子似的滚到姜百思身边。

陆予城像是突然反应过来一般，喃喃地问：“你一晚上就待在这里？”

她像是急于分享宝贝的孩童一般，将他拉过去，指着画上隐约的痕迹，眼睛亮晶晶：“你看，每一幅画上都写着你父亲对你母亲的爱，陆予城，他们是相爱的。你父亲并没有辜负你母亲！”

12 月中旬，天气已经转冷。越到深夜，气温越低，她只着一件灰色薄 T 恤，脚上连拖鞋也没趿，光脚踩在地板上。她对着这些画研究了一晚上，只为了替他寻找这样的真相。

他的心无限地软下来，将她的脚包在自己手掌心，果然小脚已冻得发冰。

父亲后来一定是爱上了母亲的，这一点他从来没有怀疑过，他所介怀的，是那难堪的开头。

但现在，他握着手中这冰冰凉凉的脚丫，突然怨恨起自己的矫情。

管那爱情是怎么开始的呢！只要享受爱情结晶之后的每个日夜就好了。

同样，他为何要在意姜百思对他的感情究竟属于哪种？只要她这样待在他身边，将他的事放在她的心上，总有一天，她会真正爱上他。

将姜百思和小猫一起包在宽大的睡衣里，随后他小心地抱起她，像抱着全世界最珍贵的珍宝，轻轻地放到床上，用手将她的脚焐热了，才放回被子里去。

他在她额头落下一个吻："晚安。"

在他亲过来时姜百思紧闭着眼，睫毛微颤，听到他说晚安之后才缓缓睁开。

看陆予城安静地将小猫抱出去，而后为她妥帖地关好门。

姜百思羞得在床上滚来滚去，太丢人了！刚刚有一瞬间，她差点以为陆予城要对她做点什么，因为他的神情是那样郑重其事，黢黑深邃的眸中像汹涌澎湃的浪潮。

如果他真的做点什么，她会怎么样？

脸不可抑制地烧了起来，她将头深深埋进枕被之中。

就在姜百思在床上自我深刻反省的时候，陆予城登录微博，发了一条爆炸性新闻。

@Elton：大家好，我回来了。

配图，则是他执画笔在空白的画布上落下第一笔的画面。

这个微博账号是七年前他申请来和网友互动的，最后一条消息更新在三年前，他宣布封笔的那天。

直到现在，仍旧有零星粉丝不死心来他微博底下哭诉偶像什么时候回归。

虽然已经凌晨，但是艺术生们向来是夜猫子居多，很快有人转发。

“是我眼花了吗？偶像回归了！”

“果然爱晚睡的女孩运气都不会太差。呜呜呜，亲眼见证偶像回归的现场。”

“所以，挂在‘牡丹亭外人’展览上的那幅画，果然就是偶像画的！”

微博话题榜很快被引爆，一时间盘点 Elton 过往经典作品的有之，抽奖庆祝偶像回归的有之，讨论偶像为何回归的也有之。

随后有细心的粉丝发现，Elton 的账号底下，他给自己的简介之后又加了一句：蕉叶美术馆馆长。

“什么情况？蕉叶美术馆在哪儿？”

“好像是韩盛集团旗下新落成的美术馆。”

“偶像好像是韩盛集团董事长的亲外孙！”

“显微镜女孩来报，发现 Elton 就是‘牡丹亭外人’展览主办画廊的老板！”

“呜呜呜，偶像为何那么优秀！”

韩令远在办公室接到 Elton 复出的消息时，眸中闪过一丝冷锐，果然当初就不该心慈手软地放过他的。

眼睁睁看着他们将“牡丹亭外人”做得这么成功，并且又迅速趁着热度推广了一把新馆的开幕展。

集团里的股东都是见利而为的老狐狸，看到原本不放在眼里的小子竟是自带流量的艺术圈偶像，只怕都要倒戈。

蕉叶美术馆里，季小蕾眸光闪闪：“成名早就是好啊，在别人眼里明明是个乳臭未干的小子，却没想到是艺术粉圈里的远古偶像！这剧本，小说都不敢这么写。”

“怎么宣布得这么突然？”姜百思问，昨晚她羞得睡得早了点，今早起来网络都快爆了。

“因为我想在开幕展的策划上，夺取一点主动权。”陆予城目光灼灼。

事实证明，这个效果很好，原本对他的提议激烈反对的老家伙们今天纷纷松了口。

“什么主动权？”

陆予城看着姜百思：“任命你为开馆展主策展人的主动权。”

姜百思漂亮的眼微微睁大，写满不可置信。不光是她，小伙伴们也都惊呆了。要知道，新馆落成开馆展至关重要，一般来说为稳妥起见，也为了镇得住场子，都会邀请业内声名显赫的老艺术家来做主策展人。现在陆予城直接提了姜百思当主策展人，她几乎都可以想象反对声会有多大。

“别人的看法你不用担心，我已经搞定了。”像是看穿了姜百思在想什么，陆予城轻轻开口。

面对自己擅长的领域，姜百思从来不是个缩手缩脚的人。她笑意盈盈地看着陆予城：“那么，就让他们见识见识，我们究竟能够做到几分。”

陆予城含笑向她伸出手：“那么，欢迎加入蕉叶美术馆，姜策展人。”

姜百思也伸出手，回握住他。

姜百思从来没有过如此忙碌的策展期，虽然当初策划“牡丹亭外人”时已经足够忙碌，但是蕉叶美术馆与之相比根本不是一个重量级，要考虑的、要协调的，只会更多。

因为陆予城母亲喜欢芭蕉，所以蕉叶美术馆周边种着299棵芭蕉树，美术馆因而命名“蕉叶”。作为开馆展，姜百思决定展览就以美术馆馆名为主题。

虽然工作量比从前更大更忙碌，但是姜百思也不得不感慨一下，韩盛集团不愧业内龙头，资源和预算多到感人，让在Y.U这个小画廊“拮据”惯了的姜百思感动得快哭了。

韩盛集团馆藏资源丰富，姜百思通过韩盛集团的收藏渠道拿到了很多唐宋以来不同历史时期及现当代艺术家以“芭蕉”入画的画作。

除此之外，姜念容留下的敦煌壁画复原临摹图中，有关于“芭蕉”的题材也不少。敦煌壁画中，芭蕉树造型特征明显，多出现在说法图中。敦煌盛唐12窟的《维摩诘经变》、中唐112窟的《金刚经变》、第360窟南壁中唐的《青庐图》、第320窟盛唐的《无量寿经变·未生怨》等壁画中都有芭蕉的形象。

姜百思看着母亲留下来的这些珍贵的画，回想她曾经在黄沙漫漫的戈壁上，一笔一笔描摹下这些神圣而庄严的笔触。

“在想什么？”她的神思突然被熟悉的声音唤回。

姜百思回头看了陆予城一眼，摇了摇头，似是自嘲：“我之前那样满怀期待地带着妈妈的画去到敦煌，以为终于可以让她的画挂在了最高级别的展馆中，可是结果被撤了回来。不知道妈妈如果知道，是不是会怪我没用？”

陆予城将她轻轻拥进怀里，声音低低，像是轻哄：“怎么会呢？她只会以你为傲。我想在她眼中，你是上天送给她最珍贵的礼物。”

姜百思看他一眼：“你什么时候变得这么会安慰人？”

他深深地看着她的眼睛：“不，我这是推己及人。”

看到姜百思疑惑的神情，他眼尾带笑：“由我眼中的你，推断出丈母娘眼中的你。”

姜百思的脸又不可抑制地红了起来，欲盖弥彰地将话题扯回了工作上。

“虽然说现在有关芭蕉题材的作品数量已经足够，但我总觉得，少了一点什么，少了一件能够让整场展览有别于其他普通展览的焦点作品。”

陆予城沉思片刻：“我记得……上回在沈阔那里，见到过一幅芭蕉水墨图。”

姜百思轻轻“啊”了一声。她想起来了，沈阔有一幅名叫《未展芭蕉》的水墨仕女图，画了一位少女对着窗外的芭蕉怀思，寥寥几笔，生动有趣，右上角题了唐代诗人钱珝的诗《未展芭蕉》，倒是扣题。最重要的是，《未展芭蕉》首句“冷烛无烟绿蜡干”便是《红楼梦》里元春省亲时宝钗提点宝玉将绿玉改做绿蜡的典故出处。

姜百思想着，这个倒是可以入手做点文章，于是拉着陆予城第二次踏入那片老旧的居民区。

却没想到，沈阔见了他们倒差点给他们跪下，被陆予城及时拉住了。

“是我没教导好儿子，给你们惹麻烦了。我夫人还一味地宠他，纵得他不知天高地厚。你们应该让他吃些苦头，你们放过了他，真的让我羞愧难当。”

沈老先生比初见时更显老态，他一生正直，没养个好儿子，叫他老来都没法好好安生度过晚年。思及此，姜百思开口：“如果老先生实在觉得愧疚，那就把《未展芭蕉》这幅图的展览权授权给我吧。”

闻言可以帮得上忙，沈阔污浊的眼神中亮起了几分神采。当知道姜百思的策展主题为“芭蕉”时，他眼中闪过一丝光，问道：“除了这个，不知道家中祖传的《雪中芭蕉图》是否需要？”

姜百思和陆予城眼神一亮：“王维的《雪中芭蕉图》？”

老先生点点头又摇摇头：“只是宋人摹本罢了。”

“王维的《雪中芭蕉图》早已失传，若有这份宋人摹本已属万分难得。”姜百思简直可以说是惊喜万分。

将《雪中芭蕉图》带回蕉叶美术馆之后，众人皆是一副惊叹到失了言语的地步。

自唐朝以来，《雪中芭蕉图》是中国绘画史里争论最多的一幅画之一，“一棵芭蕉如何能在大雪里不死？”这是历来画论所争执的重心。而现在这幅作品的出现，毫无疑问可以点燃正常展览的热度。

而姜百思则打算利用这一争论的重心，设计一出“雪打芭蕉”的景观。

何眉有点担忧：“今年是暖冬哎，未必会有雪，这么早打出这个宣传是否欠妥？”

姜百思却是满脸盈盈笑意，脸上带着无比生动的狡黠和灵慧。她眨了眨眼：“科技发展到现在，可不是为了让我们全靠老天脸色生活的。”

众人恍然大悟，造雪机！

陆予城在一旁，支着手，看着这样生动的姜百思，满眼溢满宠溺。

你看，他的姜主管，只要回到她擅长的领域，整个人都发着光呢。

季小蕾看不下去了：“老大你快收敛一下你的眼神吧，快让我酸倒牙了！”

陆予城却是天生反骨的个性，越是这么说他越要秀。他一把将姜百思揽到胸前，重重在她脸上亲了一下，笑得张扬恣意：“这是奖励！”

姜百思毫无准备，一张脸涨得通红。

而众人则是纷纷以手掩目，说着什么都没看到。

这样的生活，平凡忙碌，却快乐。

然而偏偏有一些人，要来搅乱你平静的生活。

事情发生的时候，已经是将近晚上十点钟。季小蕾打电话来，声音都急得变了调。

“姜姜姐，你快看微博热搜，‘Elton 代笔’这个词条已经冲上了热搜榜前排！”

姜百思心里沉了沉，将手里的杯子放到茶几上，在沙发上坐下，迅速打开手机。

果然，这个词条赫然在榜上，词条的后面还带着“新”字标签，代表这个话题刚刚被带上了榜单。

她迅速了解了一下前因后果，原本是粉丝为庆贺 Elton 回归，为他专门制作了一个过往作品汇总鉴赏帖发到一个著名的艺术交流论坛上，这个帖子现在已经被顶成了高楼，前面的回复风向一直很正常，粉丝感叹他的画作画风细腻、光影梦幻。

最后有一条回复感叹少年天才画风不可模仿不可复制，而紧接着隔几层之后，就有人发上了另一组风格跟 Elton 极其相似的画作扫描图，表示这张图是从一个两年前的帖子上保存下来的，并写道："这张图跟 Elton 的画风也太像了。"

而他所截图的那个两年前的帖子，文字内容还在，图却因链接出错无法打开。

那个帖子上的文字部分写着："这是我外公三十年前收藏的作品，画风跟 Elton 有点像，底下的署名叫作'陆倾'。"

当时那帖子底下还有几条留言："据我所知，Elton 也姓陆，而 Elton 的父亲也是一名画家，莫非这个陆倾就是男神的父亲？"

"楼上真是侦探！发现了重要线索！"

随后粉丝集结在底下感叹："原来男神家学渊源，一家都是大神！"

姜百思翻了一下，整个帖子到此为止评论走向都是正向的。

随后有一个账号另外开贴，将 Elton 和陆倾的画放在一起比较，指出画法类似，题材雷同，并且表示，Elton 从小在国外长大，为何会对东方神韵描绘得如此灵动？而且 Elton 拿的还是少年成名的剧本，实在让人不得不怀疑其中有什么联系。父亲为儿子代笔，助他变为欧洲画坛冉冉升起的新星也未可知。

面对底下有人质疑单靠一张作品说明不了什么问题，发帖人于是一口气上传了近十张两人的对比作品，从对比结果来看，实在是触目惊心的雷同。

正当两方意见僵持的当口，各大艺术自媒体以及营销账号纷纷下场，连载报道此事件，末了暗讽所谓的天才少年画家不过是艺术败类而已。

随后这些营销账号底下的评论方向渐渐偏向一面倒，认为 Elton 十四岁成名，而画风刚好跟他父亲惊人相似，其中必有猫腻。

这些言论中，以始发帖人的总结陈词转发最多影响最大。该账号表示，Elton 的画作多以汉、唐元素为题材，讲究以西方技法体现东方神韵，然而 Elton 从小在国外长大，纵然受他父亲的艺术熏陶，一个十四岁的少年，怎么能做到完美体现这种意蕴？更重要的是，在他父亲过世四年之后，这位如日中天的天才少年却突然宣布封笔，这不得不让人疑心因为没有了他父亲的代笔，所谓的天才少年已经无法画出合格的作品。

姜百思越看越心惊，如此短暂的时间之内，各大自媒体及营销账号纷纷跟进，而接下来的评论则更加显得训练有素，有备而来，甚至还慷慨大方地送了热搜榜。这一整套流程操作下来，如果说是单纯的网友根本不可能做到，这分明就是一场人为的有资本支撑的，并且有预谋有组织的一场战争。

突然，客厅头顶的灯光大亮，姜百思黑暗中适应了手机微弱光芒的眼睛在忽然亮起的灯光之下微微眯了眯。

随后她就听到陆予城那熟悉的嘲讽嗓音："呵，看来我那个名义上的舅舅，终于按捺不住亲自对我出手了。"

如果说，原来韩令远对陆予城那间小画廊的打压，一直是借助刘臣和韩清如的手的话，那么现在面对他回到韩盛集团，对韩令远地位产生的威胁，迫使韩令远终于亲自出手了。

"当务之急是，他发的那些对比画作是在哪儿找的？"

"我的那些画很好找，网上基本都有。至于我父亲的，原作应该都在韩令远手里，他从前是韩令远手下的签约画家。发帖人对画作图像经过处理，故意 PS 成与我如此相似的程度……"

姜百思听到这话，一个念头自心头突起，她偏着头喃喃思考："既然如此，那么现在只能通过从韩令远手中的原作入手，我有个想法……"

她不知想到了什么，说话的声音渐渐低了下去，微不可闻。

陆予城正对她的神态有些奇怪，看到她若有所思的模样，电光石火之间一个念头闯进了脑海。

他冷着脸，声音沉沉："我不同意！"

见姜百思一脸愕然的模样，他盯着她的脸，声音里满是警告的意味："别以为我不知道你打得什么主意，我不许你去找顾衍！"

想法在一瞬间被拆穿，姜百思咬了咬唇："可是……"

"没有什么可是，这件事情我会想办法的。"

姜百思有些着急："现在能有什么办法？"

陆予城将那个爆料他代笔的帖子从上往下拉，在最后两幅对比图上定住，指给姜百思看。

姜百思只短暂思考了数秒，立刻心领神会："这两幅画根本没有公开发表过！所以对方是从哪儿得到的？"

她还在皱眉思考着，抬眼却看到陆予城正似笑非笑地看着她。

陆予城突然欺身靠近她，眼中带笑："看来你从前对我实在很关注，只看一眼就知道这两幅画我并没有公开发表过。"

姜百思噎了下："我这只是职业习惯罢了。"

陆予城依旧是那副似笑非笑的模样，姜百思被看得快要承受不住，瞪了他一眼："比起这个，你更应该想想你的画是怎么泄露出去的，还有谁看过你那些未曾公开发表过的画……"

说到这里的时候，姜百思突然停了下来，她微微瞪大了眼，几乎以一种不可置信的眼神看向陆予城。在他眼中得到肯定的答案之后，她几乎是倒吸了一口凉气。

"为什么会是他？"

陆予城则是微微眯了眯眼睛："或许从他第一次遇到我们，一切都是被设计好的。只是实在好样的，伪装得这样厉害。"

比起这个，姜百思更担心的是……

"如果何眉知道，该有多伤心？"想到好友，姜百思一阵担忧。

虽然何眉表面上一直对纪庭方表现得不胜其扰，但姜百思比谁都了解何眉。何眉向来是个刀子嘴豆腐心的人，如果纪庭方连当初所谓的重逢，都不过是他接近 Y.U 的阴谋一环，那她简直无法想象何眉知道真相之后会怎么样。

姜百思头疼地揉揉额角："我得找纪庭方谈一谈。"

陆予城面色凝重："我跟你一起去。"

自纪庭方回国以来，除了赖在何眉的住处，其余时候他住在酒店的一套长期包房里。

姜百思和陆予城找上门的时候，已经快晚上十一点半了。

然而纪庭方却一副穿戴整齐的模样，甚至在客厅里还预备了茶水。

陆予城的视线从客厅内摆着的三只茶杯移到他脸上，轻轻勾一下唇："看来你早知道我们要来。"

纪庭方的脸上此刻完完全全褪去了那种平时大男孩的青涩腼腆，取而代之的是深不可测的世故老城。他像是浑不在意他们看向他的责备视线，反倒是优哉游哉地在沙发上坐下，跷起二郎腿："从我出手的那一刻，我就知道瞒不了多久，二位真是让我久等。"

姜百思看着纪庭方，这个像是完全变了一个人的大男孩。不，或许他从来没有变，她所认识的纪庭方，从头到尾都只不过是伪装的虚假表象而已。

"为什么？"她问。

纪庭方轻轻举起茶杯，遥遥向他们一敬："正式自我介绍一下，我父亲就是艺华的掌权人，刘毕。而刘臣，算是我二叔。"

脑海中始终想不通的一环终于得到了答案，姜百思苦笑了一声："原来你跟他们是一伙的。"

"不，你错了。"纪庭方看着他们，"我跟刘臣并不是一伙的。从某种意义上来说，他算是我的敌人，只不过在这件事上我不得不帮他这么做……"

就在姜百思理不清他们关系的时候，一旁始终不发一言的陆予城开口了："传闻刘毕有一位私生子，一直不被刘家承认。但刘毕向来崇尚丛林法则，艺华的高位自然是能者居之。至于是采用什么样的手段为艺华建功立业，那就是看你的本事。"

纪庭方有些欣赏地看着陆予城："如果我们不是立场不同，我实在是很想交你这个朋友。"

说完，他又给自己斟了一杯茶："这茶不错，你们不喝？"

姜百思根本无心喝茶："那你接近阿眉也是为了……"

"我对阿眉不是假的！"自他们进门之后始终波澜不惊的男人脸上终于浮现几分别样的情绪，"或许我刚开始接近她是别有目的，但我是真的爱她。"

陆予城冷笑一声："在假面具之下谈爱，这爱又有几分可信？"

"只要阿眉永远不知道这爱是如何开始，我会永远爱她，她会永远幸福。"他的脸上带着偏执的笑意。

姜百思不可思议地看着纪庭方："你真的是个疯子。"

姜百思似乎连多看他一眼都不想，直接出了房门。

陆予城慢条斯理地喝完了茶，将杯子放下，全程没有再说一个字，起身离开。

纪庭方知道，这或许是他们最后一次见面了。

他想起他们一起并肩作战的日子，那是他半生灰暗的记忆中少有的亮色回忆。

唯一可惜的是，他们是站在对立面的敌人，注定当不成他们永远的伙伴。

只是……

“小心韩令远。”纪庭方对着陆予城的背影，这样说道。

这句话，是他最后一次以朋友的身份说的。

陆予城并没有回头，他目视前方：“我知道。”而后，他踱步走出房间，将暗红色的木门从身后关上。

姜百思在散着薄雾的街头疾走，她的思绪乱糟糟，短短两个小时内发生了太多事情，她有些不知道该怎么办。

纪庭方的事情，该不该让何眉知道？

何眉是她最好的朋友，如果任由何眉被那个男人一直蒙骗在鼓里，她做不到。

可是，她又无比清楚，对于何眉的爱，纪庭方没有撒谎。如果告诉何眉真相，除了多添困扰，还能有什么用呢？现在这样，至少何眉可以快乐无忧地享受爱情。

“如果觉得犹豫，那就不要让何眉知道。因为一旦知道，他们就再也回不到从前，那会永远成为一根深刺梗在她心头。”突然，身后响起陆予城的声音。

姜百思转身，月色下，他坚毅的下颌线绷紧，像是对她的忠告。

“可是，你该怎么办？对方来势汹汹，我虽然已经叫季小蕾联动公关账号，但是估计效果甚微……怎么办，陆予城……”姜百思仰着脸，月光下那张脂粉未施的脸上满满是对他的担忧。

陆予城看着她，却忽然毫无理由地笑了起来。

姜百思又气又怒：“都什么时候了，你还笑！”

秋夜微凉，陆予城将她拉到怀里，用风衣将她包裹住。她的脸贴在他胸前，听到他低沉的声音透过胸膛的共振钻入她耳中：“我很高兴，至少此时此刻，你满心想的，都是我。”

姜百思整个人被包裹在他的风衣里，呼吸间全是他暖暖的气息。她的心忽然变得很软，她很想告诉他，何止是此时此刻呢，早在她不知道的时候，她的心里已经全部是他。

这注定是个不眠夜，同热搜负面帖子奋斗了大半个夜晚的季小蕾打电话来哭诉：“姜姜姐，对方买水军太厉害了，我们的声明完全被淹没在一片讨伐之中……”

接电话时，姜百思正在还没完全撤展的展厅里，她站在那幅无名的巨画前面，心中汹涌着的，是海浪一般的悸动。她依然能够回想起少女时代初见 Elton 的画时的惊艳，而现在，那个人却要将那样不堪的罪名强加在他的头上。

简直欺人太甚！

她挂掉季小蕾的电话之后，在黑暗之中又对着手机发了良久的呆。

不知道过了多久，她终于翻出那个曾被她拉入黑名单的号码，手指轻点，拨通。

电话很快被接起，在这样的深夜，几乎让人疑心那人仿佛就在等自己这通电话。

事实上，顾衍的确在等。有那么一瞬间，他既希望姜百思打来，又不希望她打来。

那样决绝地同自己割裂关系的她，在自己遭遇危机的时候拒绝了他的帮助，却会为了那个男人，向他低头求助。

心里像是忽然焚起一把火，焚毁了最后残存的理智，顾衍低哑着开口问："如果我帮了陆予城，你该怎么回报我呢？"

曾经她的眼里，满满只有他一个人，他不想去深究那时候她是否只把自己当成亲人看待，他只是受不了，如今她的眼里心里，全部是另外一个男人。

再不做点什么的话，他就只能眼睁睁看着自己永远失去她了。

姜百思闻言，却像是愣了一下的样子。她太清楚，当他问出这样的话，想要得到的答案是什么。

她的唇微动："我……"

然而，手机却被人从身后抽走。

她倏然回头，看到的却是陆予城那张如锅底灰一样黑的脸。

陆予城的黑眸中沉着晦暗的情绪，他对着电话那头的人一字一句："抱歉，没有谁会拿自己至爱的珍宝做交易。"

说完，他毫不留情地撂了电话。

姜百思知道陆予城生气了。

他的眸光幽沉，在这暗室里更显晦暗，他一步一步走近她，她一步一步后退，最后她的身体被抵在身后的白墙上，而他的头轻轻低下来，脸上带着薄怒，冷嗤一声："一会儿工夫没看住，就长本事了啊。是不是我再晚来一会儿，你就要决心自我牺牲了？哦不，或许是正好给你机会回到顾衍身边。"

陆予城正在气头上，讲话未免口不择言。更何况，他在姜百思和顾衍那段少年情谊面前本就气短，此时此刻，气愤、后怕、嫉妒，像小兽一般在他心底撕咬。

姜百思却觉得他反应过度，委屈道：“你一定要这么曲解我吗？我只是想帮你，更何况顾衍就算提了什么条件，我也不可能会答应的。我说过，除非你不喜欢我了让我走，否则我不会先离开你的……”

陆予城听完这话却更觉光火：“你要怎么才能相信我？我怎么可能会不喜欢你？我一直喜欢你比你喜欢我更多吧？要说会先放弃的人，也只可能是你不是我吧？”

姜百思也被他的话激得火气冲头：“你怎么就觉得你喜欢我比我喜欢你更多了？你用杯子量过还是尺子量过？”

后来到达争吵现场的季小蕾一脸蒙：嗯？这吵着架怎么还撒起狗粮了？

然而吵到气头上的两人丝毫没反应过来对方话中所含深意，两个人各自扭头，头也不回地走了。

Chapter 10
他会一生都爱她

她这一生如雀鸟漂泊，他的怀抱，是她最想栖息的地方

姜百思打电话给何眉的时候，对方正在整理准备跟纪庭方一起回英国的行李。何眉不知道为什么他决定得那么急，连好友主策的开馆展都来不及参加就要离开。

她听着姜百思在电话那头控诉了半天，终于明白过来："你们俩这是吵架还是秀恩爱啊？"

姜百思仍旧觉得很生气："我就不明白有什么值得他那么生气，我只是想帮帮他而已，难道打个电话，我就会真的被人要挟就范玩什么自我牺牲吗？他以为在演电视剧，还是在写小说？"

何眉自认为自己跟纪庭方的恋情已经足够波折，没想到向来冷淡冷感的好友谈起恋爱来也很容易上头，她都不记得这是自己第几次开导了："陆予城也只是因为太喜欢你了。"

姜百思下意识地反驳："可我也喜欢他呀！凭什么他的喜欢是喜欢，我的喜欢就低他一档了？"

姜百思越想越气："我要是再管他的事我就是闲得没事干了！"

然而仅仅一天之后，当严飞查到那位首位发帖表示家里收藏有陆倾作品的发帖人时，姜百思就毫不犹豫赶了过去。

那张控诉 Elton 代笔的帖中对比画作引用的，便是当初这个人无意间发在艺术论坛里的扫描图。这是位高中生，叫祝容。

姜百思赶过去之后才发现，原来被贴在网上用作对比的图片，确实是经过 PS 处理的。

"那个艺术论坛我并不经常上，只是两年前搬家时发现家里收藏了两张和 Elton 画风很像的画，我随手上传感慨了一下之后就再也没有登录过。后来发现我的图似乎被人引用到那个对比帖之中，我再登录论坛的时候结果发现我上传的照片已经出了错无法打开了。随后我仔细对比了一下，发现图片被人刻意处理过，将相似的比例刻意放大，造成所谓代笔的假象。只是很可惜那两幅画我搬家时遗失了，我本来是想在那个帖子之下帮着解释一下的，但我一开口，就被人追着骂说我在替 Elton 洗白。”

果然如此。

姜百思沉吟了一下：“我们计划做一场网络直播，到时候我会连线你，希望能请你出面，说清楚事情真相吗？”

祝容点了点头：“事情怎么说也算是因我而起的，我能帮一定帮，只是……”他脸上带着担忧，“我只是个高中生而已，现在又没有了最有力的实物证据，恐怕没什么人会信我。”

姜百思拍拍他的肩：“不管怎么说，发声总比不发声要好。”

姜百思约祝容是在咖啡馆里谈话的，祝容离开之后，她又在座位上坐了一会儿。

几分钟后，一个身影落座在她对面。她下意识地抬头，见到是陆予城，她脸微微一冷，准备起身就走，侧身而过的时候手腕却被攥住了。

陆予城的声音里带着淡淡的沙哑：“不是说不管我的事了？”

姜百思反应过来，何眉那个叛徒！

“我只是不想蕉叶的开馆展受你连累而已。”她声音硬邦邦的。

陆予城笑：“好像我才是蕉叶的馆长吧？”

“我作为主策展人，馆长不靠谱，难道我就放任不管吗？”姜百思瞪着他。

咖啡馆外阳光如瀑，让人一瞬间有些恍惚，仿佛又回到了从前在Y.U的时光，他是画廊不靠谱的老板，她是操碎了心的主管。

他看着她的姜主管，只觉得比从前更心动。

兵贵神速，姜百思回来之后就交代季小蕾去准备直播事宜。

直播放在第二天周六的晚上，姜百思以为观众不会很多，谁知道关注这件事的观众很快将直播间热度冲到了直播软件排行前列。

热度在姜百思连线祝容的时候达到巅峰。画面中祝容不是自己一个人，在他的身边，站着一位故人。

姜百思也愣了一下：“赖先生？”

直播间的评论快炸了。

“敦煌博览会主策展人，赖以冠？我没看错吧？”

“天哪，竟然是赖先生！这场直播真是够重磅！”

赖以冠朝姜百思点了点头：“我外孙说这件事可能他解释不太清楚，让我来帮忙澄清一下。

“多年前，我参观了韩盛集团旗下的美术机构，当时看中了两幅画买了回来。只是两年前搬家的时候不慎遗失了。但有一点我能肯定，网上帖子上所谓的对比图都是经过处理的，实际上仔细看就能发现，那两幅画和 Elton 的虽然题材类似，但是画风笔触存在明显区别。发帖人故意做出这引人误会的处理，我认为值得推敲。当然，如果广大观众不相信我的话，也可以去韩盛集团的藏馆看看，我记得陆倾的画作，大多数还是在韩令远韩副总的手头上。”

说到这里，他停顿了一下，看着镜头，像是看着镜头之外的某处。

而韩令远，则是在直播画面对上他的目光，微微眯了眯眼：“这个老狐狸，将皮球踢到了我身上。”

他原本以为，一个高中生翻不起什么风浪，谁知道，高中生的外公来头竟然那么大。这下子，精心策划的一切全都前功尽弃。

赖以冠随后换上和蔼的笑容，对着姜百思说道：“另外，还有一件事，也算是送给姜小姐的礼物。之前你委托为你母亲涉及抄袭风波的画作做了笔迹鉴定，最后得出的结果，这画确实出自你母亲之手，并非抄袭之作。”

姜百思惊讶得瞪大了眼睛，眼睛里隐约蓄了泪水。

多余的一切已经不需要再说，直播间里知晓这桩纠纷的观众寥寥，偶尔知道的，皆是以惊叹的口吻感慨。

“原来当年，闹得那么大的姜念容抄袭事件，根本就是子虚乌有的？”

“看来某著名女画家，也是一位靠着踩人上位，吃人血馒头的主儿。”

“什么情况？楼上求科普！”

迟来的真相和公道时隔二十几年终于来到，姜百思嗓子发哑，简直不知道该怎么感谢赖老先生才好。

赖以冠笑着看着这个晚辈：“不用谢我，原本这种非官方委托的鉴定我已经很多年不做了，是你男朋友一直坚持。他啊，是真的能胡来，我不答应不行。”

赖老先生笑得无奈。

姜百思想起那次敦煌之行，她心灰意冷，根本没有什么力气去要求做什么委托。而陆予城确实是中间消失了一个上午，问他去了哪儿，他语焉不详地表示去随便逛了逛，原来，他是去找赖老先生了。

下了直播，姜百思问陆予城：“你当时对赖老先生怎么了？”

陆予城懒洋洋地回答：“没什么，只是在他门前拉了道横幅而已。”

姜百思哑然失笑，这的确是陆予城会干得出来的事。

“那为什么不预先告诉我今天直播赖老会出现？”

陆予城看着她，眼睛含着光：“因为想给你个惊喜，这样你就不好意思对我继续生气了。”

姜百思不知道为什么，眼眶发热，红着眼睛斜瞪他：“你下次还曲解我，我就还会生气！”

她的性子大多数时候是冷冷淡淡的，很少露出这种恋爱中撒娇的女孩姿态。

陆予城心里蓦地发烫，轻轻抱住她：“我下次不会这样口不择言乱吃醋了。”

姜百思一愣：“吃醋？”

陆予城叹一口气：“是啊，你不吃醋，不代表别人不会吃醋。”

姜百思反应了几秒才反应过来陆予城几次做出的反常行为皆是因为顾衍，她不知道该生气还是该觉得好笑。

她板着脸：“顾衍是我少年时代最亲密的亲人。”

见陆予城还是一副没反应过来的样子，她仰起脸，嘴唇极快地蹭过他微带胡楂的下巴：“而你，是我余生的爱人。”

何眉越洋电话打过来听闻此事，大肆嘲笑了一番：“我说陆予城看起来也不像那么小心眼的人，为何每次都能跟你杠起来，敢情他是自己给自己整了一个假想敌！”

正在喂猫粮的男人满脸狼狈，黑着脸伸手过来作势要关了视频通话。

何眉叫着求饶，他才作罢。

视频那头，何眉被路过的男人亲了亲额头，怂恿她：“别怕他，老公给你撑腰。”

那是一闪而过的纪庭方。

姜百思和陆予城交换了一个眼神，她真的庆幸当初没有选择告诉何眉真相。

心思单纯张扬恣意而活的何眉啊，不必为这些没有必要的烦恼而烦恼。

她会永远幸福的。

随着蕉叶美术馆的布展工作进入了最后阶段，韩礼章也终于出院了。

他大病初愈，刚出院便来到了蕉叶美术馆。

送他来的人，是顾衍。

陆予城看到顾衍推着坐在轮椅上的老人，愣了愣。

季小蕾倒是人精一样，找了个布展工作还需要完善的借口招呼着无关人员离开，留下安静的空间给他们爷孙俩。

老吴不知道是不是因为第一次见到韩老爷子的原因，一时没反应过来慢了一拍，也被季小蕾推着出去了。

姜百思原本也打算离开，结果却被陆予城拉住了手。

看着眼前老人的视线落在他们相触的手上，她下意识地挣了挣，并没有挣脱开陆予城的手。

姜百思虽然在韩家生活过那么多年，但韩礼章大多时候住在老宅，并不与韩令远生活在一起，因此姜百思见韩礼章的次数很有限。

此刻，她知道这位老人在不动声色地打量着她，她没来由地有些紧张。

而另一道深深落在他们相交的手上的视线，则来自顾衍。

陆予城紧紧握住姜百思的手，不知道她刚才下意识地想缩回手是因为韩礼章，还是因为……顾衍。

如果是前者，他不会放手。

如果是后者，他更加不会放手。

“你先出去吧，丫头。”韩礼章的视线轻飘飘地从外孙脸上掠过，而后落在姜百思身上。

姜百思又用了用力，却被陆予城握得更紧：“她什么都可以听。还是说，您想跟当年您对我母亲一样，现在又来阻挠我的感情？”

面对外孙的诘问，韩礼章倒是没有恼，反而笑盈盈地说：“这丫头我也算是看着长大的，我有什么理由来阻挠呢？我只是想跟你谈谈遗嘱的事。”

听他这样说，陆予城反而愣怔了一下。趁着陆予城失神的工夫，姜百思将自己的手从他手掌中解脱出来，说了一声“那我先走了”就离开了。

姜百思走了之后，韩礼章让顾衍也先离开。

看着顾衍和姜百思一前一后离开的身影，陆予城脸上不悦的神色很是明显。

韩礼章佯作不知，只是称赞道：“你把你母亲留给你的美术馆打理得很好。”

陆予城则是指了指刚刚离开的姜百思的身影：“那是因为我有一位好的策展人。”

韩礼章这段时间虽然人躺在医院，但是手底下的老股东倒是不止一次跟他告过状，说是他的外孙鬼迷了心窍，硬是力排众议，放着业内响当当的职业策展人不用，非让个资历不足的小姑娘当了主策展人。

他当时心里就有数了。

这小子跟他母亲一样，喜欢一个人的时候就是一条筋。

只不过……那丫头从小就是冷淡的性子，只怕心思未必如他一样，能给他对等的回报。

他看着难得与他关系破冰的外孙，想了想还是决定暂且不提这个让外孙不快的话题。

年轻时雷厉风行的韩礼章，面对唯一的外孙，到底还是投鼠忌器。

“关于遗嘱，我想跟你说的是……”

“外公。”

韩礼章的话被突然的一句称呼打断了。

这是这么多年来陆予城第一次这样叫他，他的手微微发抖。

“你叫我什么？”

“外公。”陆予城又叫了一遍，“在您谈遗嘱之前，有件事我想跟您说……”

午后的阳光从落地窗外落下，投在祖孙俩的身上暖意融融。

展馆外，姜百思视线透过玻璃，落在展馆之内的人影上。

顾衍看着她专注的侧脸，心里漫过的是一阵又一阵的苦涩。

他好像，已经完全失去了她。

她的眼中，似乎已经全都是那个男人，而完全没有他的影子了。

顾衍苦笑了一声：“那天你来找我帮忙，我却对你提了那样的要求，你一定很瞧不起我吧？”

姜百思转头看他，摇了摇头：“不，无论什么时候，你都是我曾经最亲的哥哥。”

顾衍愣了一下，随后哑声笑了笑：“是啊，只是哥哥。”

他们站在大片的芭蕉叶之下，日光投下斑驳的影。姜百思看到树影温柔地覆盖在他眉眼之上，她轻轻地叹了一口气：“顾衍，你应该试着回头看看，看看真正对你好的人。”

她依然还记得，当年她初进韩家，韩家的小公主韩清如其实并不如她想象中的刁蛮。韩清如将自己的玩具与她分享，仰着脸小心翼翼地跟她商量：“我把我心爱的娃娃都给你，你可以不跟我抢顾衍哥哥吗？”

那是他们最初的模样。

顾衍愣了一下，他知道姜百思指的是谁。

“你以为我不想吗？”他自嘲地勾唇，“我试过，只是我办不到。不爱一个人，比爱上一个人还要没有道理。”

姜百思沉默了一下，仰着头望着他：“你有没有想过，你对我，或许并不是爱，你只是太需要一个同类了。”

同样的，他对韩清如，也并不是就不爱。他只是打从一开始，就将对方划入同他们不对等的阵营。

顾衍似乎因为她的话震了一下，正想说什么的时候，就听到有人大声喊：“着火了！”

两个人都惊了一下，看向展馆的方向，果然升起了一阵阵浓烟。

陆予城和韩礼章还在里面！

姜百思狂奔过去，却发现大门被人从里面反锁住了！

姜百思疯了一样拍着门，叫着陆予城的名字，声音都发着抖。

顾衍一边拨打报警电话，一边操起一根铁管砸门。

火势越来越大，浓烟也越来越深。

此前被季小蕾招呼着去到另外的展厅布置的人全部赶了过来。

“快，快去看看另外三个出口！”姜百思大声喊。

“没……没有用，因为布展还没全部完成，这个展馆，只……只开了这一个出口。”严飞结巴着回答，“只是为什么这扇门也被锁了？”

根本没有时间来想这个问题，在消防人员来之前，顾衍和严飞终于合力将门砸开。

……

大门一开，更加浓厚的黑烟从里面滚滚而出，里面的状况什么也看不清。

姜百思第一反应就是要冲进去，被后来到达的消防队员拉住了。

“这位女士，我们专业人员已经进去，请您等在安全线外。”

姜百思浑身发抖，脑袋都是木的。她从来没有这样不冷静不理智地失控过，眼泪爬满她的脸庞：“陆予城还在里面，我得去救他。”

消防队员估计已经看惯了火场这种失去理智的家属，冷静地哄：“对，我们知道里面还有人，我们会尽最大努力去救的。”

正在这时，从里面出来两位消防队员，背上背着的，正是韩礼章。

“这位老先生幸好用湿毛巾捂着口鼻，没有怎么被烟呛到……”

一位娃娃脸的消防员还没汇报完，就被姜百思揪着衣服问：“还有和他在一起的那位先生呢？”

娃娃脸消防员看着眼前这个脸色苍白如纸的女人，抖得像一片寒风中的叶子，怔了怔，回答道：“我们进去只找到这位老先生，另一位目前还没找到。”

姜百思的脸更加苍白了，连嘴唇都没了血色。

在一旁的韩礼章边咳边说：“陆予城把唯一一瓶矿泉水倒在毛巾上让我捂着，他自己跑去二楼展厅里去了，快，快去找……咳咳……”

闻言，指挥的队长立刻通过对讲机将人员位置传给里面的消防员。

很快，对讲机里传来了回应：“报告队长，人找到了。”

当陆予城从里面出来的时候，姜百思一阵影似的扑过去，她的声音抖得不像是自己的：“你怎么样？”

他的脸上满是灰扑扑的烟灰，手背上有几处灼烧的痕迹，外套也破了。

她的手碰触到他的脸时，他才察觉她的手冷得像冰块，甚至还在微微发着抖，他的心一阵发软，他的姑娘，一定是吓坏了吧？

他重重地将她抱在怀里，轻轻拍着她的背，像是哄一个受了惊的孩子："没事，我没事。"

姜百思的恐惧直到触碰到活生生的陆予城时才彻底释放。她埋头在他胸前，眼泪湿了他胸前一片："你吓死我了，你跑去二楼干什么呀，火势是往上走的，你不知道吗……"

他轻抚着她的头发，纵容地笑笑："我知道，只是我突然想起来那个展厅正好放着几幅很重要的画。"

"什么画也没有你重要啊！"

陆予城指了指被消防队员拿在手里的画："那是你母亲的画。"

姜百思愣了愣，手掌拍了他的胸一下，眼泪流得更凶了："你是笨蛋吗？就算是我母亲的画，也没有你的人重要啊。"

陆予城深深地看着她，她向来是内敛的性子，无论对什么事什么人都是淡淡的，如今，当着这么多人的面，飞扑着到他的怀里。他看着她的眼睛，看到她眼中只有他一个人的倒影。

他的确是个笨蛋，他怎么会以为，她不够爱他呢？

这个姑娘，该是爱惨了他呀。

他伸手，将她脸上糊成一片的眼泪擦干，哑声道："好好，是我错了，不该将自己陷入险境。"

一旁的韩礼章看着这一幕，他想，自己应该收回一个小时之前的想法，自己这位外孙投在这丫头身上的情感，或许，已经得到了同等的回报。

消防员许是见惯了这种场面，见火势扑灭之后提醒了一句："你们展馆的自动灭火系统出了故障，要好好地检修一下了。"

姜百思闻言，愣了愣："怎么会出故障呢？布展之前我们还调试过。"

陆予城微微眯了眯眼："是该好好检修一下了。"

检修结果很快出来。

严飞将调查报告放到陆予城桌前，说道："起火原因是工人布展装修之后将烟头随手扔在了地上，烟头点燃了窗帘，随后火势逐渐蔓延。而自动灭火系统的故障则是布展时安装射灯的过程中，工人误将线路弄短路了，因此火灾发生时报警系统失灵了。"

原因很客观，也似乎很合理。

陆予城的手指轻轻在办公桌上叩动，脸上则是沉思的表情。

"展厅内的各处监控，都查过了吗？"姜百思在一旁突然发问。

严飞愣了一下，回复道："都看过了，除了正对大门口的监控出了故障无法查看之外，其余的都没什么问题。"

陆予城勾起嘴角讽刺地一笑："果然是无懈可击的巧合。"

姜百思同他交换一个眼神："如果没有这个巧合，怎么掩饰门被人反锁的证据呢？"

严飞有点没明白过来，震惊地看向两人："你们的意思是，这场火灾不是意外？"

"当然不是意外。"陆予城回道，而后顿了顿，"只不过……"

“只不过什么？”严飞问道。

“只不过，那个帮忙将门反锁的人，究竟是谁？”姜百思缓缓地接上他的话。

严飞也托着下巴思考：“当时最后出门的，只有我、小蕾和老吴。”

姜百思突然发问：“老吴人呢？”

“那天他说瑞瑞最近感冒了，在家里休息，他先回去照顾孩子。这两天他也都没回来。”严飞说，“不过也幸好那天瑞瑞没在，不然那孩子见到这场面还不得吓得大哭？”

陆予城微微沉吟：“这么……巧吗？”

严飞一时没有听清他的话，又问了一遍：“你说什么？”

陆予城的眼神一闪，对上姜百思的视线，从她眼中得到了跟他同样的信息。他从桌前起身，拉着姜百思就往外走，连给严飞反应的时间也没有。

严飞对着两人的背影喊：“老大、姜姜姐，你们去哪儿？”

回答他的只有冬日冷冽的风。

依旧是那个破旧不堪的筒子楼，风卷着残叶到处滚。这里比上一回他们来找老吴时似乎更加破败了。

他们站在五楼老吴家门前，敲了敲门，久久没有人应答，正当两人要离开的时候，门“吱呀”一声开了。

瑞瑞乖乖巧巧地站在门口，对着他们做了个“嘘”的动作。

“我伯伯他病了。”

姜百思和陆予城都愣了一下，随后就听到里面传来老吴咳嗽的声音："瑞瑞，请他们进来。"

瑞瑞让开了路，让他们进屋。

姜百思看到老吴的一瞬几乎没反应过来，不过才几日没见，向来跟头牛一样健壮的老吴，竟然病到脸色苍白。

老吴打发了瑞瑞去给他买药。等孩子一出门，他望着陆予城："你们此时来找我，想必是找到了起火的真相了吧？"

陆予城眯了眯眼："果然是你。"

老吴勾起一个苦笑："我是个浑蛋，你们拿我当朋友，我却在背后要害你们。"

"为什么？"

此时老吴又咳嗽了起来，他的眼神里带着难掩的恨意："因为我没多少日子可以活了，而我弟弟的仇却还没有报！"

"你怎么了？"

"肺癌晚期。"

他这话不啻于重磅炸弹，炸得姜百思和陆予城一时没法反应。

"你弟弟的仇又是怎么回事？"陆予城问道。

"关于我弟弟是一心美术馆原主人的事，你们之前已经知道了。而你们不知道的是，他就是被韩盛集团逼死的。当时韩礼章意图拉拢我弟弟和他一起参与韩盛旗下艺术品虚假竞拍的炒作，被我弟弟拒绝了，于是他就利用行业影响力，联合艺华的刘臣一步一步挤压一心美术馆的生存空间，最后逼得我弟弟一时想不开做了傻事。"

"不可能！我外公不可能会做这样的事情！"陆予城想也不想地脱口而出，"他生平最恨这样的事情。"

“怎么不可能？韩令远亲口跟我弟弟说，他只是执行董事长的命令而已。韩令远该死，韩礼章更加该死！”

“你被韩令远骗了，他一直在假借我外公的名义暗地里做虚假竞拍炒作的事。”陆予城眯了眯眼，“我早该想到的，在沈阔和郑易的事情上韩令远用了那样的手段，那就说明，他本就是个惯犯。”

“所以，你从我们找你买画开始，就知道了我们的身份？是故意接近我们的？”姜百思问道。

“是，我故意通过瑞瑞的嘴向你们透露一心美术馆的存在，就是为了让你们再来找我。”

姜百思回想当初种种，的确，当时老吴明明不同意将沈阔的画卖给他们，是在听到韩令远的名字之后才改口的。而后来她说服他将改成超市的美术馆重新启用，现在想想那或许也正是他计划好的。

她一直觉得老吴五大三粗，现在回头想想，简直可以算是步步为营。

“所以，你为了报复我外公，故意将烟头落在展馆里，并将大门反锁了？”陆予城沉声问道。

老吴似乎是愣了一下的样子：“我承认烟头是我丢的，但我并没有锁大门。听说这个蕉叶美术馆是韩老头最心爱的女儿留下的遗物，我只是想给那老头子一个教训罢了。有你在里面和他一起，我估计并不会有什么大危险。我虽然不是什么好人，但是这种要置人于死地的阴毒招数我还不至于使出来。”

陆予城眼神微微眯起：“我们上当了。”

是的，老吴只是想损毁展馆，而锁门，乃至故意破坏自动灭火系统的，都是另外一个人。

姜百思看陆予城一眼，替他说出了那人的名字：“韩令远。”

“可是，为什么？”

“因为，之前外公来找我谈的，正是遗嘱的话题。”

所以韩令远不惜一切代价，借着老吴的手，要置他于死地。

既然这样，那就不要怪他不顾念甥舅情谊！

韩令远做事果然滴水不漏，顺着所有线索查下去，最后竟然都是无懈可击的巧合。是工人们施工凑巧弄坏了自动灭火系统的线路，至于那个莫名其妙坏掉的监控摄像头，最后经技术恢复，发现锁门的是一位保洁员，她打扫完卫生之后误以为展馆内已经没有人而将门锁了。

一切都非常完美，毫无破绽。

姜百思站在被烧得焦黑的展馆内，对着正对大门的摄像头沉思。

既然锁门的人并没有什么问题，那为什么要将这个摄像头故意破坏掉呢？

为什么要将人的视线故意引导到大门被锁的事情上来呢？

姜百思沿着起火的痕迹一路来到起火点，正在思索的时候，就听到身旁的陆予城沉声问道：“起火点的烟头呢？”

严飞连忙回答：“我检查过，的确是老吴日常抽的牌子。”

陆予城说道：“不，我需要检查那烟头上的DNA。”

这话的意思是怀疑烟头主人另有其人？

严飞有点愣：“可是老吴说是他扔的……”

“如果老吴那根烟头原本已经熄灭了并没有引发火灾呢？”姜百思补充道。

严飞忽然反应过来：“我这就去！”

原本以为，这场火灾只是意外，警方并没有介入调查。

而现在，烟头上被查出来第三方的唾液 DNA 痕迹，警方很快通过比对锁定人选，那人竟然就是韩令远的助理！

那位助理显然没料到会通过一根小小的烟头查到自己，被警方控制之后很快就招出了幕后主使。

韩令远被带走那天，陆予城给他看了一样东西：“这是我整理母亲遗物发现的日记。她从来没有想过要跟你争韩盛集团的继承权，而且她也早就知道我父亲是你派过去故意接近她的。她想，或许她彻底离开这儿了，你才会安心。还有一件事，外公跟我谈遗嘱的那天，我原本跟他说的，是我放弃他预留给我的一切，我只需要蕉叶就够了。可是你……却等不及先动手了……”

韩令远的脸色一下子变得难堪和灰败。

他费了半辈子心血，争过来的东西本来就是别人没打算跟他抢的。

何其可笑！

蕉叶美术馆于春节开馆。

对于展览宣传预告中的“雪打芭蕉”景观，大多数人只是一笑嗤置之，认为不过是这位新上任的年轻主策展人弄出来的噱头罢了。今年是暖冬，又是在南方，哪那么容易说下雪就下雪？

只是没想到，大年初一一开馆，满园的雪景让人惊叹。

蕉叶美术馆建筑风格总体白色，周边种着的299棵芭蕉树，皆被掩入大雪，一眼看过去，满园的冰雪琉璃世界，掩映着点点翠绿，吸引了众多游客驻足拍照。照片被放上网络，很快，“王维同款雪中芭蕉景”成为热议话题，并且引发了“雪中芭蕉图”的深度探讨。

王维的《雪中芭蕉图》在艺术史上的争议自带话题，又遇上如此绝美景色，慕名而来观看的观众几乎排成长队。

姜百思没想到，会再次见到戴恩先生。

而戴恩先生一见到她，则是神秘兮兮说道：“你猜我带来了谁？”

姜百思还来不及反应，就看到老师丹尼尔先生在不远处含笑看着自己。

她的眼泪几乎一刹那就出来了。

她当年被送去英国时还是一团孩子气的小女孩，是老师给了她难得的亦父亦师的温暖。

“Bertha，You’ve always been my proudest student.”（Bertha，你永远是我最骄傲的学生。）老师丹尼尔说道。

当年，她被韩清如诬陷抄袭，老师是自始至终相信她的人。只是她最终向韩清如妥协，认为愧对老师，所以在决心告别过去的时候，连老师也没有再联系。

而如今，老师就站在她面前，像从前一样对她说，你是我最骄傲的学生。仿佛一切，都还跟从前一样。

“Elton说，今天是你们的开馆展，让我无论如何要将丹尼尔带来。其实，哪用得着他强调，丹尼尔听到这个消息，恨不得立刻来到中国见你。”戴恩先生哈哈笑着。

她转头去看陆予城，只见他勾起一个痞气十足的笑容："怎么样，是不是感动得想以身相许了？"

陆予城原本只是想逗一逗姜百思，却没想到，眼前这个女人真的扑进了他的怀里，将他撞得往后踉跄了一大步。姜百思的脸贴在他的胸膛上，很小声很小声地回答了一句："陆予城，谢谢你。"

仿佛连姜百思自己也没发现，在陆予城的纵容之下，她在不知不觉间，已经由从前那个冷心冷面的冷调子，变成了如今这个能够不吝表达自己情感的普通女孩了。

她从小跟着母亲辗转漂泊于西部辽阔土地上的洞窟搞修复，对家的概念十分寡淡。及至她到了韩家，原以为那里会成为自己另一个家，却没想到，她始终属于那个被驱逐的人。她半生流浪，仿佛一只失去了栖息地的雀鸟。

姜百思想起很小的时候问母亲，她们的家在哪里。姜念容的视线落在很远很远的地方，叹息一般："此心安处是吾乡。"

而现在，她抱着陆予城，只觉得这个男人哪哪都看得顺眼，她一见到他，就觉得心安。

她这一生，如雀鸟一般漂泊，去过很多地方，而他的怀抱，是她最想栖息的地方。

周围的人看着这一对相拥的男女，皆露出了一副欣慰的笑容。

陆予城看着怀中的女孩，心里一阵阵发烫。

连他也说不清为什么，他向来是个性子躁的人，但遇见姜百思之后，他总能够给她无穷的纵容和耐心。

从那个雨夜遇到她起，他的一颗心、一双眼，就无法从她身上移开。沉迷是失控的开始，但对她，他甘心就此沉沦，俯首称臣。

这个女孩受过太多苦，她的从前他没有及时参与，从此以后，他会给她所能给的一切，再不让她受一点委屈。

他会爱她，会用一生去爱她。

番外

生活有了童话的结局

【1. 家庭地位：瑞瑞＞猫＞陆某某】

姜百思接到陆予城电话的时候，正忙着出门。

在玄关匆匆换好衣服，听到电话那头的男人刚说了几个字，她的语气就有些急：“先不说了，我这边还有急事。”

陆予城还没反应过来，专门找在登机前的空当给她打的越洋电话就这么被绝情地挂掉了。

人声鼎沸的机场候机厅内，男人看着航班信息屏幕上的时间，微微眯了眯眼。

而这一边，挂完电话的姜百思换好衣服，拿了包，穿了鞋，急匆匆往外走去。

门被关上的一刻，她才后知后觉地反应过来，陆予城刚才在电话里想说什么来着？

算了，先不想了，眼下有更紧急的事。

这是姜百思第一次被老师找家长，难免有些忐忑。

她自己上小学时，姜念容很忙，她从来不忍心给母亲添麻烦，在学校里的表现也每每都是模范生。后来到了韩家，她更加明白自己没有惹麻烦的资格，更是无可挑剔的优等生。

她自己从来没有经历过被老师找家长的情况，对于学生被找家长的概念还停留在学生犯了大错的印象，一时又有些担心瑞瑞的状况。

到了老师办公室，果然就看到了瑞瑞。这孩子低着头抿着嘴站在办公室门口，他身边站着两三个小男生，看起来是一同参与了打架事件的同伙。

其中一位胖胖的小男生衣服被揪破，看来是主要参与者。

姜百思走近了才发现，瑞瑞的额角也被磕出了一道红痕。

瑞瑞见到姜百思过来，愣了一下，而后像是有些羞愧地低下了头。

她正要说话，就听到一道尖锐的女声响起：“你家孩子打了我儿子，这事儿可不能就这么算了！”

姜百思皱了皱眉，看向发声的女人。

一张圆润的脸，一头蓬松的卷发，眉眼间跟那位小男生倒是十成十地相像。

此刻，那位小男生的哭诉也是适时响起：“妈妈，吴瑞他欺负我，推了我一把……”

姜百思冷哼了一声，看向那位妈妈：“不好意思，不是谁哭得响谁就有理，如果我家孩子脸上的伤留了疤，我想我需要保留法律追究的权利。”

那位妈妈显然没想到姜百思会这么说，愣了一下，声音更加尖锐：“什么？你竟然还要追究我们的责任？你去班上问问同学，是谁先动的手，是吴瑞先动手推我儿子的！”

老师在一旁也叹了口气：“是的，的确是吴瑞先动的手。”

姜百思冷冷地看着那女人，冷静地回道：“我家孩子我很清楚，那必定是你家儿子先惹恼了他。”

听到她说这话，瑞瑞有些发愣。他原本以为姜百思会怪他惹了麻烦的，而如今，她的目光只是心疼地落在他受伤的额角上，柔声问他：“疼吗？”

他的眼眶微微发红，轻轻摇了摇头。

姜百思又回过头去问那小男生：“你说，吴瑞同学是无缘无故推的你吗？”

那小男生没防备对方的家长直接跟自己对上了话，他一时有些心虚，求助般地看向自己的母亲。

他妈妈正要开口说话，就被姜百思瞪了一眼：“你闭嘴，我要这位小同学自己告诉我。”

面对姜百思灼灼逼人的视线，那位小男生承受不住心理压力，“哇”的一声哭出来。

“不说，那就是有缘故的了？”姜百思这么问，那孩子哭声更大了。

“我们瑞瑞是乖孩子，但我这个家长，可不会任由我家孩子受欺负，我不希望下次再有这种事情。”

她说这话的时候，视线从一旁站着的几个孩子身上一点点滑过去，被视线触及的孩子一个个都心虚的模样。

老师在一旁，看到这情形，刚才问了半天没问出名堂的事情，到了这会儿，心里也猜出了七八分。

那位家长原本是揪着瑞瑞先动手的事情发作，现下看这几个孩子的样子，自己心里也难免虚了几分。

最后老师出面，教育了几个孩子，让家长各自把孩子领回家。

在回去的路上，瑞瑞仍旧没说话，安静地跟在姜百思身后。

到了车上之后，姜百思从后备厢拿出医药箱，找出创可贴给瑞瑞额头的伤口做了处理。

她的动作又轻又柔，瑞瑞鼻子又开始酸了：“你不问我因为什么跟他们打起来吗？”

姜百思轻轻揉了揉他的脑袋：“我们瑞瑞是很好的孩子，你跟他们动手，一定是他们对你做了什么不好的事，我只要知道一点就够了。”

瑞瑞突然抱着她的腰哭起来：“对不起，我知道我又给你们添麻烦了。可是他们说我伯伯是个坏人，差点烧了美术馆。”

这是自老吴去世半年多以来，瑞瑞第一次在她面前这么放肆地哭。

“我们是一家人啊，瑞瑞，你怎么会觉得你在给我们添麻烦呢？”姜百思温柔地拍着他的后背，“你伯伯才不是坏人，他是我和陆予城生命中最重要的伙伴。而你，也是他留给我们，最珍贵的礼物。”

瑞瑞抱着她的腰，眼泪濡湿了她的衣裳，一片灼热。

姜百思没再说什么，任他无声地哭着。

等瑞瑞哭完，天已薄暮。

宠物店打电话过来姜百思才想起来，原本跟宠物店约好了，下午要过去把寄放在那儿洗澡的小猫带回来。

等她赶过去把猫接回来，已经快到了饭点。

看着饿坏了的瑞瑞，她干脆又带他在外面吃了饭再回家去。

反正陆予城去爱丁堡出差要等到明天才能回来。

等到家门口的时候，夜已深，瑞瑞也已经困得睁不开眼。

密码锁的声音响过之后，门“嘀嗒”一声开了。

这是陆予城那套复式公寓，从结婚之后，她就搬过来住了。

将瑞瑞安置到床上入睡之后，她又把小猫从宠物笼里抱出来，给它弄了猫粮吃。

等到一切都弄完之后，她揉了揉发僵的脖颈，上了二楼准备休息。

二楼卧室的窗帘拉着，只留了一条窄窄的缝，外面隐约有明亮的光落进来。

她正纳罕今晚似乎不是月圆夜，怎么月光如此亮堂之时，伸手去开灯的手腕忽然被攥住，她心里一惊，人已经被压在了来人的胸前。

闻到熟悉的气息，她的身体放松下来。

“怎么提前回来了？不是说的明天回？”

陆予城的声音却隐隐透着危险气息：“呵，你说我为什么赶在今天回？”

今天？

一串时间数字蹿入姜百思脑海，她身体僵了僵。

察觉到她身体的变化，陆予城冷哼一声：“想起来了？”

姜百思讨好地亲了亲他的脸颊：“不是故意忘了结婚一周年纪念日的，实在是今天事情比较急。”

“瑞瑞的事我理解，那怎么连只猫都可以排在我前面？”他脸上仍旧是不满的神色。

姜百思不免有些好笑：“你怎么还要跟只猫吃醋呢？”

“你打算怎么补偿我？”他一副要割她城池几百座的嚣张模样。

姜百思眨了眨眼，试图跟他谈判：“我真不是故意忘记的……”

这么说着，小猫不知道什么时候跟着上了楼，在她脚边喵喵叫。

黑暗中陆予城眯了眯眼，将小猫提溜着丢出了房门。

只是可惜，战败者在谈判桌上没有资格谈条件，只能任人攻城略地。

听着门内传来的动静，小猫以为女主人正在遭受欺负，弱小又无助地挠着门板。

门里的动静持续了大半宿才停，第二天一早，陆予城开门出来，团成一小团睡在门边的小猫被惊醒，警惕地看了他一眼，灵巧地蹿进房里，跳到床上，蹭了蹭沉睡的女主人。

姜百思实在太累，转个身嘤咛了一声又沉沉睡去。

而楼下，神清气爽的陆予城敲响了瑞瑞的房门，催他起床上学。

新的一天又开始了。

【2. 最庆幸，生活有了童话的结局】

何眉又跑了，还是带着孩子跑的。

接到纪庭方这个电话，姜百思正在展厅内指挥工人施工，美术馆近期正在筹备青年画家的联合展。

她有些头疼地揉揉额角：“她如果来找我的话，我会第一时间给你消息的。”

事实证明，何眉女士真的跑回了国。

“姜姜，你早就知道了纪庭方的身份吧？你怎么不早告诉我？”何眉一见到姜百思，神情满是哀怨。

姜百思心里“咯噔”一下，她知道了？

“他父亲是艺华的掌权人，你怎么不早告诉我？”何眉气鼓鼓的，“他们刘家规矩也太多了吧，我有些忍受不了了。”

“你跑回来是因为这个？”姜百思问道。

何眉有些讶异：“这个理由还不够吗？”

姜百思和陆予城交换了一个眼神，松了一口气，看起来那件事情她还不知道。

依照何眉的脾气，如果知道当初陆予城被诬陷代笔的事情有纪庭方的参与，真的不知道会怎样。

姜百思看了看何眉怀里才一岁多的孩子，责怪地瞪了她一眼：“你自己任性就罢了，怎么还折腾孩子长途跋涉跑回来。”

“我就是被他们家规矩束缚得受不了了，想跑回来松口气。”

陆予城勾了勾唇：“你怕是不知道，纪庭方带你回英国就是为了让你脱离刘家老宅的束缚，若是待在他们刘家老宅，你恐怕更加忍受不了。”

何眉睁大一双美目，像是不可置信一般。

陆予城摊摊手：“看起来他没告诉过你，自己一个人把压力扛了。”

何眉怔怔地说：“他的确没跟我说过这些。”

陆予城认真地看着她：“很多事情我想他不告诉你是怕你徒增烦恼，不过凭良心讲，他的确为你牺牲了很多。”

何眉低着头，不知道想到什么，眼眶红红。

纪庭方倒是很快追了过来。

原以为会费一番工夫把人劝回去，结果竟然意外顺利，还没等他开口，她就说在好友这边玩几天就跟他回英国。

到了晚上，两个久别的男人把酒言欢。

“谢谢你，什么都没有告诉她。”纪庭方眼中带着真诚的谢意。

陆予城低笑了一声：“这你该谢姜百思。是她说何眉这样的人，应该让她简单、快乐，而不是让她面对痛苦的抉择。”

另一边，何眉哄睡了孩子，问姜百思：“怎么展厅里没看到季小蕾和严飞，光看到你一个人在那儿忙活？”

姜百思笑盈盈："我给他们俩放婚假了。"

"这么快结婚了？"何眉旋即又点点头，"不过那会儿就早看出来他们俩不对劲了。"

姜百思说道："这两位还一直磨蹭着不捅破窗户纸，陆予城那个暴脾气怎么受得了这种磨磨叽叽的架势，揪着严飞劈头就问看没看上季小蕾，要是敢回答没有就立刻开除他。"

何眉快笑得岔了气："这的确是陆予城会干得出来的事。"

笑过之后，何眉又问："韩清如呢，还为难你吗？"

姜百思叹了口气："韩令远出事之后，顾景兰的身体状况也不太好了，韩清如带她回了乡下养身体，顾衍也一起回去照顾她们。"

她看过几回顾衍发给她的照片，乡下田野蓝天白云，草木葳蕤，是个养病的好地方。韩清如推着顾景兰的轮椅，朝着镜头笑得灿烂，更确切地说，是她朝着拿镜头的顾衍笑得灿烂。

她是在同陆予城结婚之后发现的，好像她和陆予城的婚姻越幸福，韩清如对她的敌意就越少一分。

她把这事跟陆予城说，陆予城笑称，至少在希望他们幸福美满的问题上，韩清如也算难得和他们站在同一阵营。

何眉听完，又开始笑："陆予城这话倒是说得没错。"

孩子在何眉怀中睡得香甜，何眉看了看已经上了中天的月亮，轻声对姜百思说道："十二点多了，时候不早了，我得带孩子去睡了。平时在家，纪庭方都该强制我去休息了。"

姜百思讶异地挑了挑眉，曾经放言称十二点之后才是夜生活开始的何眉，不知不觉间早已经修正了休息时间。

她揶揄地笑："看起来有些束缚，你也是乐在其中的嘛。"

何眉难得红了红脸。

姜百思看着温柔低头抱着孩子的何眉，心里更加庆幸，当初什么都没有跟她说，是最正确不过的选择。

她的阿眉，要一辈子幸福开心呀。

夜色中，窗外一簇簇迎春花静悄悄地绽放。

春天，早就悄悄地降临了。